阳 光 诗 系

赤子之心

邱华栋 著

黄河出版传媒集团
阳光出版社

图书在版编目（CIP）数据

赤子之心 / 邱华栋著. -- 银川：阳光出版社，

2024. 6. -- (阳光诗系). -- ISBN 978-7-5525-7352

-7

Ⅰ. I227

中国国家版本馆CIP数据核字第2024H2U985号

阳光诗系·赤子之心　　　　　　　　　　邱华栋　著

责任编辑　李少敏　贾　莉
封面设计　鸿儒文轩　·　末末美书
责任印制　岳建宁

黄河出版传媒集团
阳 光 出 版 社　出版发行

出 版 人　薛文斌
地　　址　宁夏银川市北京东路139号出版大厦（750001）
网　　址　http://www.ygchbs.com
网上书店　http://shop129132959.taobao.com
电子信箱　yangguangchubanshe@163.com
邮购电话　0951-5047283
经　　销　全国新华书店
印刷装订　山东新华印务有限公司泰安分公司
印刷委托书号　（宁）0029858

开　　本　880 mm×1230 mm　1/32
印　　张　9
字　　数　180千字
版　　次　2024年6月第1版
印　　次　2024年6月第1次印刷
书　　号　ISBN 978-7-5525-7352-7
定　　价　68.00元

代 序

"吱呀"声中拨转指针
——邱华栋诗歌印象或对话

霍俊明

为了采摘记忆而到达洼地是值得的

可秋天已经被白雪所完成

——《隐喻》

一

在时间的淘洗中，一种不可避免的宿命是，我们被一种主导力量所牵引。我们的面目和身影在很多时候留给人们的是一种刻板印象——耕种者，诗人，地铁歌手，油滑商贩，等等。我们自觉或不自觉地被规训为一种单调的角色。然而，事实绝不是我们想象得那样简单。在我的记忆深处，我的父亲在周围的人看来是一个农民，他一辈子都在和那几亩土地纠缠不清。可是，他是这样吗？他绝对是一个多面手。他是一个远近闻名的兽医，他是一个画画和剪纸的高手，他还是一个乡村歌手。够了，我的平凡的父亲，在纠正一种我们习以为常的认识——人，这莫名的生存个体，在他主要的角色之外，他的丰富性往往被遮蔽了。当我们谈论一个人、一个生命，我们要学会发问——是什么样的经历造就独特的这一个？

说出这些感触，其实还与《新诗界》的主编李岱松先生有关。在一个北京少有的酷暑中，我在他的阁楼上和他时断时续地交谈。他偶然谈及邱华栋的新诗写得很好。这使我惊讶的同时，也唤醒了我遥远的记忆——在20世纪90年代初他就已经有两部诗集出版了。作为受众，我和读者大都知道邱华栋是一个小说家，而很少知晓他作为诗人写诗的一面。这种偶然的触动激发了我的阅读期待，接连几个闷热的晚上，我读完了邱华栋的这本诗选。让我来整体谈论这些诗作，无疑有着相当大的难度。我只能选取一些节点来说出我的些微感受。而我的尴尬恰恰在于我的感受，诗人可能并不接受它们。其实，这是一种永久的悖论，写作和阅读同样都是精神的产物，其主观性决定了二者对话的多样性和一定的"误读"。

在邱华栋的一些诗作中，约略可以看出他的诗歌接受史，也即他的诗歌写作或显或隐受到了其他一些诗人和作家的影响。我很少相信有天才诗人之说，任何一个语言的书写者，他的话语资源都是存在的，只是有着大小和显隐的差异而已。如邱华栋的一些献诗，《丢失了影子的孩子》《博尔赫斯》《你飞来了——仿聂鲁达》《事物的联合》等。从他的诗句中，能够看到北岛等"今天派"诗人（我不想用"朦胧诗"这个拙劣的词语）的影子。而从他早期的作品来看，尤其是长诗中的意象和结构方式，又与昌耀等诗人存在更直接的关系。此外，他的诗歌中存在大量的"麦子"意象，这又让人联想到海子。不知道我的这些来自阅读的最初和最直接的感受是否准确。

但是，有一点必须强调，不管邱华栋的诗歌写作受到了何种话语资源的影响，这种影响只能是选择性的。换句话说，这种资源经过了诗人的过滤和筛选，而且经过这种淘洗和选择的过程，诗人的写作只能是作为个体的他——诗人——在语言和生存的晦暗之途上，对语言、对记忆、对经验的持久发掘、命名、发现与照亮。我对那种新诗研究和新诗史叙述中，将一个汉语诗人的写作直接对应于西方的某某大师的做法不以为然。这种西方话语的参照，最多只能使中国出现所谓的中国的艾略特、中国的金斯堡等。而这又有什么意义呢？有意义的或最简单的就是，面对一个汉语诗歌写作者，他是用母语和个人记忆在写作，这已经足够了。而这恰恰是一个诗人不可替代的创造性的内涵所在。就诗的最初含义而言，它不只是一种特殊的话语方式，而且本身就是创造的同一用语。面对邱华栋的诗歌文本，我的评说也只能由我零碎的点滴感受开始。

1988 年到 1991 年间，邱华栋写了大量的诗歌作品。这无疑与诗人的个体经历有关，如离开家乡去南方求学。但这绝对不是作者所言的青春期的一种表述和分泌。这一阶段（1988—1992 年），诗人写了大量的长诗和组诗，如《皮匠之歌》《回声》《表情》《葬礼》《逃亡》《草莓（组诗）》《农事诗（组诗）》等。而这种表述方式（长诗、组诗）在 1992 年之后的诗歌写作中几乎不存在了。随着诗人经验的积累和对诗歌理解的变化，在时间的冲洗中，诗人一般都会逐渐用短诗来抒写自己对世界和诗歌的独特理解。因为，长诗的难度是可想而知的，而这种难度要求诗人在诗歌技艺和个人经验上具有一种高层次的综合能力。而另一个重要的原因则是，在个体生存的现场中，打动和冲击诗人的恰恰是短暂的、稍纵即逝的片段和碎片。而这使诗人也不可能用长诗、组诗去表达。从生存的角度而言，一般意义上的短诗更利于成为诗人对世界和自己的特殊的言说方式。所以，诗人在 1992 年之后几乎停止了长诗的写作。其实，这在很多诗人身上都有着共同的呈现。

我们结识在这一天，这是一个
水草摇曳在玻璃深处的日子
从此我的手开始触摸水晶，红色鸟和湖泊
这一天我重新诞生 草莓的浆液
沸腾成最动人的歌曲，因为你
我被九月的天空赋予了丰厚的温良与多情

我出生于一个大雪覆盖着睫毛的冬天
我不曾被每一朵花祝福，被每一颗星照耀
被每一束风沐浴，被每一枚草莓映射
我的心中长满了苔藓和毒蘑菇
在行进途中曾有几只白鸽
倏然驻足于我的肩头，它们轻梳一番羽毛
而后又悄然离去，那时候
我们的田园里耕作的麦子都还没有成熟
——《草莓（组诗）》

邱华栋的诗，可以说有一种少有的宁静和宽怀，而
这种宁静和宽怀在他的忧郁和悲辛中获得了一种玻璃的质
地。这种质地就是生活在其中折射、反光成纷繁的背景和
底色。《草莓（组诗）》这首诗，是在现实与记忆之间的
缝隙中展开的对话和磋商。全诗的氛围是相当宁静的，玻

璃、水草、草莓、歌曲、九月的天空，这本身就是一首十足而纯粹的诗篇。但是，诗的第二节，这种回叙性的镜头叙写打破了这种宁静。冬天、苔藓、毒蘑菇与上文出现的意象群落构成了一种张力和紧张的关系与存在。

确实，二者之间的张力正如麦田里的麦子还没有成熟，与之相关的故事也只能是青涩的和迟缓的。他的这些长诗、组诗试图在大容量的叙写中返回起点，而这种返回的过程无疑就是回忆和回顾的过程。这些长诗和青春期的诗人一样，蓬勃、宣泄、夸张、繁复。可以说，在诗人的成长历程中，长诗写作是一个不可避免的阶段。从 20 世纪百年新诗的发展来看，尽管也出现了优异和重要的长诗，但是一个事实是，中国诗人似乎先天缺乏追写史诗的心理积淀。而组诗《农事诗》正如标题所显示的一样，是对温润的古老农耕文明的温暖怀想和期许。

玉米啊，大地的转换者
你和诗人一样，在光线下
总是能使世界变得金黄
使人不缺失温暖

如西方哲人所言，大自然是一个青铜的世界，而诗歌则是一个黄金的世界。诗歌作为一种古老的技艺，秉承和延续了人类的记忆，而这种记忆体现在词语、想象、经验和技艺当中。"玉米"作为诗意流失的意象，其承载的心理能量是巨大的。它使个体得以在工业文明的裹胁和物欲的挤迫中反观逝去之物的温暖与可贵。在这一点上，诗歌和作物获得了同一种话语内涵，温暖，令人伤悲不已的温暖情怀。

在邱华栋的诗歌文本中，从意象角度而言，这些意象更多是一种自然之物（鸟、植物、鹰、马、蓝蚂蚁、土地、白雪等），只有极少的几首诗写到了城市，如《北京，大城漂浮》《工业花园》《高速公路》等。比照而言，在邱华栋的小说写作中，城市无疑是他展开讲述的一个重要起点和主导场所。

诗人对自然万物的反复叙写和观照，体现了诗人与本源进行长久对话的努力与企图。而这种对话则反复出现在诗人对故乡和本源的赞咏之中。确实，诗人不能不为故乡和母亲歌唱，而母亲和故乡无疑又是生命个体不断返回起点和确证自己的方式。邱华栋的诗歌文本中有着不少对新疆昌吉和对母亲的赞咏和记忆。这种面对时间和母体——土地、故乡、自然、生命、亲情、漂泊——的"回忆"之诗，使诗人面对的不只是文字和想象的世界，不只是纸上的河流，更是一种生命个体难以放弃的独特个人体验，一种个人的精神史。《母亲树》《水上的村庄》《感恩》《和一个牧羊人的谈话》等诗正体现了诗人的这种努力。

为什么我这么迅速地向你奔来

却永远不得靠近

我坚硬的泪水夺眶而出

——《大地》

人与土地之间的关系应该是最切近和最本源的，但是，由于时代和语境的推移，个体和土地这些自然温暖之物的距离不是越来越亲近，相反倒是越来越遥远，甚至遥不可及。"为什么我的眼里常含泪水／因为我对这土地爱得深沉"与这首诗是互文性质的相互参照。在这种生命体验与土地的关系中，一种本源的渴求是相当显豁与明朗的。

一片铺展而去的潮水

一片金黄的潮水中

荡漾的雄性荷尔蒙

乌鸦漫天编织黑色的话

涨潮。落潮。永无休止的大地循环

麦地铺落金黄的颜色

麦地是生长时间生长象征的吗？

——《黄金麦地》

麦地，对于从乡村走出的诗人而言，无疑就是一种生命力的最直接的确证和体现方式。这流动的海浪，与土地相依为命的人在其中漂泊和守望一生。这也是一种时间循环的无奈的表征。这种金黄的场景让人联想起凡·高笔下的旋转的富有生命力的麦田和上面飞翔的不祥的乌鸦方阵。

　　　我，年轻的马车夫
　　　高唱着玉米和马铃薯的幻想
　　　从盐到水
　　　我赶着明亮的黑马车
　　　把水淋淋的卵石运进你的掌纹
　　　在烙铁的另一面
　　　我们的影像重叠，是的
　　　没有一根针，能够拆开
　　　滴血的我们的芒果和心
　　　黑马车，指向石人的地方
　　　　　——《芒果和明亮的黑马车》

　　这些温暖的词语和意象——马车、玉米、马铃薯、芒果，让我们在工业的现场中无时不体会到乡村之物的平凡、可贵与神圣。这湿漉漉的"心"与时间的交流化为一种滴血的阵痛，让人怀念，让人伤悲。这也呈现了一种"根"性的力量，坚守、守望与追寻。正如一匹马，在雨夜追寻一盏温暖的栖息的灯——故乡、温暖、土地。而当诗人由乡村命定般地走向了城市，这种与生俱来的对故乡和土地的怀念就不能不显现出一种失语的尴尬和无奈。

　　在夜里我是一匹奔驰的马，悄然驻足
　　静静地闯入我疏远了的城市
　　梦在路灯闪烁的大街上流淌
　　凋落的往事在白雪中深藏
　　　　——《献诗：给昌吉》

　　诗歌作为古老的技艺，持有对语言和世界最为直接也最为本源的记忆。正是在这一点上，"诗歌是对人类记忆的表达"（布罗茨基语）。邱华栋试图在反观和回顾的时光模糊而强大的影像中，温婉而执着地挽留过往的形迹匆匆，在共时态的形态中抵达人类整体性的共鸣与感怀。正是在这个意义上，越是个人的经验越具有传遍公众的持久膂力。

　　斯蒂芬·欧文在《追忆》中说："在诗中，回忆具有根据个人的追忆动机来建构过去的力量，它能够摆脱我们所继承经验世界的强制干扰。在'创造'诗的世界的诗的艺术里，回忆成了最优秀的模式。""回忆的链锁，把此时的过去同彼时的、更遥远的过去连接在一起。有时链条也向幻想的将来伸展，那时将有回忆者记起我们此时正在回忆过去。通过回忆我们自己也成了回忆的对象——成了值得为后人记起的对象。"这种立足现场、反观过往、遥视未来的记忆的能力体现在诗人的一系列诗作中，如《今年秋天的岁月感》《秋天预感》《季节的手》《时光》《去年》《这年夏天》《垂下头颅，这个秋天河流和我一样深沉》《仰望黑夜》等。

时间，面对时间，真正面对生存和生命的个体往往是脆弱的、不堪一击的。这曾经燃烧的火焰，在岁月中迟早会窥见灰烬和黑暗。时间这巨大无形的流水将曾经的鲜活冲刷干净，将流畅的面影刻蚀得斑迹交错。而诗人就是在时间面前对往事和现场命名和探询的人。面对一切皆流的世界，季节的翻转使诗人在感到无奈的同时，也显露出一种坚韧的、顽健的"根"性的力量。它，既向上生长，又扎根向下。而优异的、重要的诗歌，同样应该在这两个向度（精神向度）上同时展开。

　　一片叶子就掩埋了整个季节
　　在被梅雨杀死的岁月之河的岸边
　　我在垂钓那过往的信使

鹰的倒影在阳光之海里滑行

蜥蜴在等待着金黄的秋天

——《叙述》

时间，是悄无声息的，但是它的力量是无穷的。"一片叶子就掩埋了整个季节"……我们还说什么呢？除了等待，就是回忆。

一千万亿棵草在风中招摇。

这时是在中午。阳光在岩石上滚动

没有人看见草生长

——《没有人看见草》

草的生长和阳光的照射构成了相互呼应的过程，前者是向上，后者是向下。而这个过程就是时间——生长，消亡，轮回——的过程。它没有引起足够的注意，它悄无声息。但，它改变着一切，正在……

时间，时间中的生命体验和焦灼是对诗人书写行为的一个重要而相当有难度的考验。时间，会使古老的话语"认识你自己"永放光辉，生命在其中抖动，生命本身就是时间大火中的升阶之作，尽管在其中它终究会成为灰烬或者阴影。死亡，成为个体存在的一个无所不在的黑色的背景。而诗人总是向死而生。死亡题材的写作也成为诗人重要性的一个标志。邱华栋也不乏处理死亡题材的优异能力，如《我老是在夏天里构思墓志铭》《死亡之诗》《十个死者站起来向你说话》《美丽的死亡》等诗。

　　祭奠的钟声渐渐死灭为灰烬了。在
　　渐次拓展的天际飞扬成大雪
　　这一刻是棺材被土覆盖的时候
　　送葬的队伍在缓缓地前行
　　我不能转身　不能面对亲人们的脸
　　和母亲黑洞一样的子宫　深深地垂泪
　　唯一可以选择的只有贴近死亡
　　——《冥想》

这种直接面对黑暗喑哑的时刻，以慢镜头的特写和缓慢推进的方式，反复进入你的视野。大雪的覆盖、生命的消亡、生者的悲苦、时间的无情都在其中飞速旋转、凝聚。

　　我老是在夏天里构思墓志铭
　　一些朋友的生命已化为琥珀
　　在时间之海里沉淀
　　在我的记忆之波里隐现
　　可我却写不出一个字
　　——《我老是在夏天里构思墓志铭》

当记忆被死亡浸满，当情绪被黑色覆盖，文字就显得相当无力与乏味。"我在春天临近时已将内心的种子交给了死亡"（《死亡之诗》），这是怎样的一种冲撞？如果给时间和死亡选择一个合适的背景，那么这个背景更多的就是秋天。这也是自古以来文人悲秋的一个理由。万物肃杀，时间悲鸣。落叶翻卷中，一切都在消失，一切都在改变。坚持抑或放弃？

> 这个秋天我不能停止怀念
> 我所经历的一切，文字
> 都留不住
> 它们是水晶，易碎而且宁静
> 和记忆一起靠墙侧立
> 只是一股冰冷的水
> 慢慢地，浸过我的全身
> 我无法表达我的怀念
> ——《秋天的怀念》

垂下头颅，这个秋天河流和我一样深沉……秋水与记忆一起在冰冷中坚持抵达，生命的历练、文字的淬炼、情感的纯化都在此刻完成。怎一个秋啊！

如果，对世界和诗歌进行拙劣的隐喻的话，生活就是无限展开的暗夜，其间裹挟着四季的风雨，而诗歌更像是质地坚硬、背景粗粝的阔大生存景象中自天空飘坠和翻卷的白雪。这使诗人在俯身劳作的同时，秉持一种可贵的向上仰望的精神维度。

二

将几十年间的诗挑挑拣拣、分门别类归置，从岁月暗沉的抽屉里重新寻找出来晾晒，这不仅需要勇气，更需要自信。而对于写作的历史来说，谁都逃脱不了时间和诗学的双重"减法"。这本诗集收录了邱华栋在少年时代受到新边塞诗群影响的早期诗作，因为，在他看来，虽然那带有"虚假的浪漫和豪情"，但其实也未必尽然，这显现出诗人的自我筛选和要求。"悔其少作"，似乎很多作家都难以挣脱这一类似于魔咒的法则。而对于一个诗人或作家而言，早期的诗和现在的诗有时候很难一刀切开，说这一段是现在的，那一段是历史的。实际上，二者更像是一条河流的关系，现在的诗歌无论风浪多大、气象如何蔚然，但总归有源头的元素或最初斑驳的影子。对于一本诗集来说，必然是"减法"使然。当然，要想了解数十年间邱华栋整体的"诗人形象"，他早期的诗歌不容错过。其实，收入这本诗集中的这些早期的诗也值得重读。

转眼，与邱华栋相识也有二十几年的光景了。据他所说，我还是第一个给他的诗歌写评论的人。实际上，我还曾给邱华栋做过一次访谈，后来收入 2008 年他出版的诗集《光之变》中。时间的深处，唯有诗歌碎片还在暗夜里闪亮，偶尔刺痛你的中年神经。

邱华栋无疑是一个具有重要性的小说家，而我作为一个诗歌阅读者多年来一直在读他的诗。2005 年 6 月在花园村读完他的诗选。此后，他也经常自印"限量版"的诗歌册子。每次都是在参加文学会议的人群中迅速塞给我。这多像当年的地下党接头。而这正是诗歌的秘密，读诗带来的是朋友间的欢娱。我认为这是兄弟间的诗歌信任。记得在 2013 年的春天，绍兴，江南的雨不大不小地斜落下来。在去沈园的路上，邱华栋又从怀里迅速掏出一本自己刚刚出炉的热气腾腾的诗集。一看封面，更让人期待——《情为何》。这本诗集与江南沈园的气氛如此切合。那是一本火热而沉静的爱情诗选，那一瞬间烟雨中的沈园似乎已经被邱华栋的灼灼情诗烫伤，这本诗集后来以《编织蓝色星球的大海》为名正式出版。

邱华栋曾是意得志满的校园少年诗人，赶上了那个火热的诗歌黄金时代。他是幸运的，这在很多业内人士看来是如此。但在我看来，这更是一种诗学的挑战。在一个风起云涌的诗歌年代，面对大学生诗歌、校园诗歌以及先锋诗歌的热潮，能从事写诗且坚持下来并获得认可的诗人最终也寥寥无几。而邱华栋幸运地找到了那匹鬃毛发亮的诗歌黑马。邱华栋成了通晓各种骑术且最终找到了、确定了自己诗歌方向的骑手。对于邱华栋而言，他比之其他诗人还具有另一种写作的难度和挑战。有时候，诗歌与知识和阅读之间并非进化论式的相互促进关系。当然这并不是说知识和阅读对诗人和诗歌写作没有裨益，而是说其中存在潜在的危险。自古"诗有别才""诗有别趣"，即使诗歌与知识有关，也必然是"特殊的知识"。

　　邱华栋是小说家中阅读世界文学最多的作家之一，甚至这种阅读差不多已经与世界文学进行时达成了同步。邱华栋的家里有三个空间。一个空间放置着大量书籍，一个空间放置着红酒，一个空间放置着自己的诗稿和古今中外大量诗集。我能够想象深夜的时候邱华栋从外边散步或约会回来，在房间里一边品着红酒一边读书、写诗的生活。而大量文学作品阅读以及小说写作，对诗歌的影响是多方面的，有利也有弊。即使 20 世纪 90 年代以来诗歌界津津乐道的"叙事性"与小说的叙事也完全是两回事。况且阅读成为惯性之后很容易导致诗歌陷入"性情""趣味""抒情""吟咏"之外的套路或桎梏中去。我之所以说邱华栋是一个难得的诗人，一个具有写作难度和个性的诗人，这完全来自其"诗人形象"的自我塑造。其中最为重要的一点就是刚才说到的他并没有坠入"小说家诗人"的路向上去，而就是一个诗人在写作。这至关重要，而邱华栋深得其法。

重读这本诗集，我是从后向前读完的。这样可以更清晰地回溯邱华栋诗歌的成长轨迹和自我完成的过程。"语言敏感度"，邱华栋深谙此道。这是诗人成长和成熟最关键的所在。语言，实际上关乎诗歌整体的和全部的纹理、肌质和构架。语言不单是技巧和修辞，而且是一首诗完成度的核心。因为语言不仅是一个诗人的表达习惯，还涉及一个诗人经验、情感、想象的视域和极限。而几十年能够在书桌上摆放这张"语言敏感度"的字条并且能够在写作中践行的诗人，是可靠的。这种可靠必然是诗学层面上的。

读完他这三十多年里写的诗，我最强烈的一个感受或者一个问题是，"轻型"的诗与"精神体量庞大"的诗是一种什么关系？在很多专业读者和评论者那里，二者很容易被指认为两个截然不同的阵营。但是，邱华栋刚好通过诗歌解答了这一诗学疑问。在邱华栋这里，他的诗歌几十年来几乎不涉及庞大和宏阔的诗歌主题，也就是在惯常意义上属于"轻体量"写作——轻小、细微、日常。但是这些诗歌在多个层次上打通和抵达了"精神体量"的庞大。这实际上也并不是简单的"以小博大"，而是通过一个个细小的针尖一样的点阵完成了共时体一般的震动与冲击。

具体到这些诗歌，我提出更细小的几组关键词。这些关键词不仅来自邱华栋的个人写作,他平衡得非常好,而且对每个诗人甚至整体性的时代写作有着切实的参照和启示。这些关键词如果能够践行到诗歌中,诗歌将会呈现出重要的质素。这些关键词组是"看见"与"写出","冥想"与"现实","抒情"与"深度","个人"与"历史","细节"与"场域","行走"与"根系","纯诗"与"伦理","体式"与"气象"。这些关键词组实际上正好构成了一组组诗学矛盾,也就是每一组内部都很容易成为写作上的矛盾和对抗关系。而只有优秀的诗人才能予以平衡并相互打通。当然,并不是说邱华栋在每一个关键词组上都能够做到没有缺陷,而是说他的写作让我们提出了这些重要问题。

这是一个在黄昏回家的路上,透过车窗清点冬日树上鸟巢的诗人。这既是清点,也必将是时间的挽歌和语言的生命的"乡愁"。也许,再过十年、三十年,这个诗人仍然会再次打开抽屉,清点那些诗歌。然后,在一个清晨或黄昏,在喧闹的人群中走近我,迅速从怀里抽出一本温度满怀的诗集。

目 录
CONTENTS

第一辑

003 · 嫩芽

004 · 零的形象

005 · 季节河

007 · 雨夜

009 · 树

010 · 西部风骨

012 · 西部群山

014 · 西部子民

016 · 大西北唱给南方的情歌

018 · 西北高地

020 · 献诗：给昌吉

021 · 母亲是一棵树

023 · 在西部，我听到了贝多芬

025 · 鹰之击

027 · 西部古战场

029 · 遥望西天山

030 · 大清洗

032 · 晚霞

033 · 天才

034 · 墙

035 · 夜话

037 · 大雷雨

039 · 忧郁的天空

041 · 云境与心境

043 · 妈妈

045 · 红船搁浅

046 · 大学第一年

048 · 美丽的死亡

050 · 旧房子

051 · 风景：好汉们

052 · 走廊里的死鸟

054 · 丢失了影子的孩子

056 · 我看见孩子们

057 · 纯粹

058 · 今年秋天的岁月感

059 · 雪原上的光头

061 · 事物的联合

063 · 秋天的怀念

064 · 静极

065 · 拈花

067 · 经过一个村庄

069 · 星

071 · 词根：父

072 · 去年

073 · 害怕被空气伤害

第二辑

077 · 水上的村庄

079 · 被音乐拥抱

080 · 重回镜中

081 · 博尔赫斯

083 · 月亮女儿

084 · 让她住在最高的山上

085 · 询问

087 · 食花

089 · 轻些，再轻些

090 · 质量轻

091 · 反修辞

093 · 和一个牧羊人的谈话

095 · 身在井中

097 · 1992 年 8 月 24 日深夜 2 时经过石家庄

098 · 骷髅花

100 · 大城飘浮

103 · 城市中的马群

105 · 北方之北

106 · 星光

107 · 阳光在喊

109 · 移动或静止：以声音和树木为背景

110 · 云

112 · 吃冰的人

113 · 甜蜜的星空

114 · 高速公路

115 · 诀别

116 · 奥菲利亚

117 · 诗

119 · 黑天鹅

121 · 疾行的火焰

123 · 月季

125 · 玫瑰呼喊

127 · 天鹅

130 · 银子的庆典

132 · 诗歌之火

134 · 南方水晶

135 · 十个死者站起来向你说话

137 · 3 月 8 日

138 · 德沃夏克

140 · 大海中的岛屿

145 · 砂中的女人

146 · 看得见的音乐

148 · 大风

149 · 总结

151 · 方向

153 · 明亮的击打

154 · 小仙女

156 · 相爱的人是相同的火焰

158 · 你飞来了——仿聂鲁达

第三辑

165 · 夏天本身所开的花

167 · 我果然梦见你了

169 · 夜晚的诺言

171 · 二十六个鸟巢

173 · 玫瑰的头颅

175 · 一种声音

176 · 火的中心

178 · 杭州的雨

180 · 在西塘

181 · 航空港：大地回收她金属的儿子

184 · 献诗

186 · 雪的暴力

188 · 空港城，一只松鼠

190 · 对位

191 · 勾勒

192 · 种植

193 · 壶口瀑布

197 · 橘子工厂

200 · 在忠县白公祠遥寄白居易

203 · 阿里木

206 · 公路上一只猫的死

209 · 温宿大峡谷

211 · 阿瓦提的刀郎木卡姆

213 · 汉代烽燧

214 · 上海的早晨

215 · 阴影

216 · 空白

217 · 我应该把你比作什么植物

219 · 贺兰山

220 · 巴彦浩特

221 · 东居延海

222 · 黑水城

223 · 额济纳

224 · 怪树林

225 · 巴丹吉林沙漠

226 · 隐痛

228 · 耐心

229 · 我喊

230 · 悲苦

231 · 安静的房间

233 · 南国的植物

235 · 黑色太平洋

237 · 蓝色太平洋

239 · 银色太平洋

241 · 红色太平洋

243 · 绿色太平洋

245 · 蓝色灭火器

246 · 编织蓝色星球的大海

跋

248 · 我看见银子在大地上闪光

第一辑

嫩芽

那一片嫩黄的叶芽太调皮了
等我走到近处
却又消失在
乍暖还寒的春风里

零的形象

卵石

鸡蛋

眼球

恒星和行星

句号

碗和盆

车轮

现在我看见了车轮

季节河

季节河
会奔腾
谁看见它
谁的心便飞起来

季节河
会兀立不动
谁看见它
谁就会成就一副
原始与蛮荒的雕像

季节河
是天山流的泪呀
血红血红
流过的是它封闭的岁月
流过的是它古老的传说
血红血红的岁月

悲歌行进
把封闭的岁月
袒露给太阳
袒露给我们的眼睛

季节河
渴望芬芳岁月到来

雨夜

雨滴雨滴雨滴雨滴雨滴
直
砸
下
来
直砸下来
我
的
　思
　　绪
　　　倾
　　　　斜
笑声在烟圈　捉　藏
　　　　　里　迷
雨声嘈杂
　　叮　叮　叮
　　当　当　当

敲击我的胸膛
雾起来了，于是
如~~烟~~往~~事
　　　　　　了
　　　　成　　　　　一
　　围　　　　　　　　个
　　房　　　　　　　　　圈
　　　　俘　　　　将
　　　　　我　　　　　
　　　　　　　　　起
　　　　　　而
　　　　　案
　　拍
我
还我晴天!
还我太阳!

树

树

白杨

一棵树

一棵白杨

有一棵白杨

也许不是白杨

站在戈壁滩边山

用身躯造一片阴凉

把僵死的土地变活了

苍白的天地之间变绿了

你悄然不动就实现了诗意

种植着微笑和春意盎然

让小鸟在空旷中落脚

让我的眼睛湿润了

让草和种子发芽

让羊群回来了

让路弯曲了

挺

直

腰

杆

论证自然

西部风骨

那于古铜钟轰响着豪壮的西部汉子之胸膛上
那于郁血张扬奔驰于无人漠野的厉厉罡风中
那于千万江南少女泪湿之手帕里
昂然走出来的
是西部的风骨吗

那洗涤了八千里天山万丈洁白的冰川之崖
那潇洒于百万匹扬鬃跃蹄的烈马之背脊
那脱胎于天宇地宙野合的忘川之所在
那奋发于血泪碾压之阵痛岁月的
是西部的风骨吗

那使史前之恐龙、猛犸象默然惊悸
那使烈焰中涅槃之凤之凰
仰慕般匝绕三千圈的
那使铁夯般沉重之几千年古琴铮然奏响的
是西部的风骨吗

那刚烈的炎灼的大度的凛然的
那旷达的啸傲的气吞黄沙横贯万丈天霄的
那如琚玉之灿然生辉
如黄金般埋藏于硬锐山石中的
是西部的风骨吗

那令浩浩沙海荡气回肠的
那让亿万簇红柳盎然生发于死亡之窟的
那使长江黄河咆哮着奔逃于碧海澄天的
那以昂扬之毅力定格于太阳眼帘中的
是西部的风骨吗

西部群山

九十九条龙绞杀在这里
以血肉搏击成铮铮硬黑之铁骨
厮杀声呐喊声疯长成青葱的松林
以挺直的傲然
彰示向往天宇的热望
而所有的血泪以涓涓细流渐成哗然的呐喊
向所有的平原展示心酸

九十九颗心锤击在这里
大地一时震颤成哀怨
搏杀的身影漫漶为永不甘心的匍匐千里的黄沙
不屈的信念以冰冷的雪山之祖之飘零的白发
向所有的眼睛昭示痛苦
而每一根坚硬的肋骨间都生长出绿色的蒿草
衍生成漫漫往事的悲惨

九十九颗桀骜的灵魂

于此蒸腾为一万朵悠然的白云
岁岁年年以雨露之泽
向所有的生灵展示愧悔
以自由自在的流浪
启示世界永恒的归宿

九十九颗昂然的头颅
生发为一万只苍黑的鹰鹫
旋飞于天宇地宙的唇吻间
向所有的人展示孤苦
以积雨云为呼吸
离开氧气层翱翔于太阳的眼帘
以锐利的目光切割大地心灵的图版

嗬，西部群山
中国的脊梁隆起
人的启示与宣言

西部子民

有一条河在西部人的胸膛里澎湃
干裂的阳光锻西部人为青铜黄铜红铜之雕像
向南方提示另一种存在
铁刀般冷的风砍斫他们为招展的柽柳
以举铲举锄之向前的姿态
脚踏时间大步倾身向前

用石头般的肠胃消化贫瘠
用利剑般的目光勘测荒原
用火焰般的眼睛表达愿望
用信念的血使旗帜飘扬

而终于有一声汽笛点亮西部人的眼睛了
西部人的阑尾隐隐作痛
在他们的脚下
先祖的热望凝为血痂
生之呐喊漫漶为千里黄沙

昭示着另一种辛酸与贫困

仰天而望
东南沿海上空飘满七彩华光
有轰隆隆脚步声如雷隐隐传来
有奔向彼岸的桨扬为森林
所有西部人的眼睛里
都长出豪情和帆

噢！西部子民
把枕木摆植为森林的子民
从生命绝壁上凿出前进之路的子民
把绿色火燃放在死亡之窑里的子民
叩击胸膛有铿锵的回声响起的子民
将岁月蒸成启示
携之奔向富裕的子民啊

大西北唱给南方的情歌

你娇娇嫩嫩的南方
杨柳岸边倩影微晃
当一只红唇儿白鸽轻轻落上了你的肩膀
我漠土一样干冷的眼睛啊
萌发了一片阴凉

喜欢你总是把我看成粗豪的男子
总是在黑风暴吹瘦酥油灯的时候
扬起雄性的石碑般的刚强
喜欢你总把我看成
一个冷然大步走向荒原的形象
但是你不知道我的心里
有一株龙舌兰微声吟唱
而每到此际我都会用铁耙
悄然抹去漠野般的忧伤

我玄武岩一样的臂膀

撑起了一个又一个如你般明丽皎洁的月亮

一夜一夜　谱成一部孤独的断章

我张开我港湾一样的胸廓

唤一声：来吧　南方

我大片燃烧着的青春的火光

年年岁岁在山林、冰川飘荡

岁岁年年把那些游荡的孤魂照亮

只是为了这块土地

多些温馨，多些芬芳　来吧南方

唤你

我自昆仑至喜马拉雅到长江源头

踏破千双草履唤你

看柳絮如密语般结满你的眉宇

伸出我男性的手　跨越八百里火焰山、三千里大戈壁

穿越万里长城　唤你

来吧　南方

背一个流浪的播种袋

依万丈冰川，踏狰狞流沙　唤你

等所有的杨花都成了北上的温柔

等所有的桑蚕都成了相思依依

我还会将博格达的雄伟雕于额头

轻轻轻轻地　唤你

并且栽遍地等待的胡杨林……

西北高地

你，因渴望接近太阳而高高隆起
逶迤的走向，因幻想而延伸
由于痛苦你分泌出黄色晶体
嗬，远方，有我母亲忧愁的目光

我，在你的北部肩膀上出生的儿子
渴望拥抱穹苍，渴望开掘大地，渴望疏浚河流
因干渴而单跪，朝向夕阳
在我的双臂中，腾起鸟翅扇动的风

人们不会总是原谅自己
就像马，总想在风中扬起鬃鬃
就像鱼，总是摆动优美的尾
我们的意志疯长成楼厦
我们的血管被种植成森林和花草
在这片土地上
风沙，因嫉恨而遍撒荒凉

理想因勤劳而繁茂生长

是的，我的血总带着亮光
就像飞萤，我来到了太平洋边上
但是我的热心肠的兄弟们
要把你塑造成，壁立的水晶
在他们的膝盖碾过的地方
显现着水源，和蓝天的倒影

在远方，有我母亲
深情的目光

献诗：给昌吉

在夜里我是一匹奔驰的马，悄然驻足
静静地闯入我疏远了的城市
梦在路灯闪烁的大街上流淌
凋落的往事在白雪中深藏

多少年了　昌吉啊
我在你的头发间捉迷藏
我在你血管里骚动，又迷乱
在你的怀里打闹和奔跑
在你的睡梦里
装饰着飞翔的梦想

我的城市　冬季埋葬的不只过去
冰凉的阳光不只挂在屋檐上
我品尝着游子归家的滋味
心中的大雪飘飘扬扬
我就这样站着，久久地
直到成为一座护卫你的雕像

母亲是一棵树

母亲是一棵树
而她的孩子们是一群鸟
翅膀丰满了
他们就都飞走了
母亲把期待深深扎成根
埋入泥土
她的衣裳黄了又变绿了
而孩子们都还没有回来

母亲是一棵树
孩子们是一阵风
在母亲的头发间捉迷藏
嬉笑　调皮地玩闹
最后又都飞走了
去追逐一只纸叠的白鸽

母亲是一棵树

独自站在高原上
她的衣裳烂了又换新的了
孩子们都还没有回来

在西部，我听到了贝多芬

在西部，在一片荒凉还有秃鹰的地方

我走在一阵风沙扑面而来的街上

你，贝多芬，像一只猫头鹰

突然在夜空中鸣响

一阵惆怅，震落了我心头的霜

你头发凌乱，飞扬而起

在音符中腾跃，在旋律中奔忙

像一头狮子　在铁笼里走动与幻想

寒冷的西部听不懂你

回答你的是风

是风中候鸟颤动的翅膀

此时我仍旧走在荒野般的大街上

测量月光

我和你离得太远了，贝多芬

在这黑夜铺展弥漫而来的时刻

你从暗处像火苗一样飘出，闪现

惊惧于我幽灵一般的面孔

陷于喑哑　陷入纯粹
可明天一早　这座充满欲望
汽车奔驰的城市
将是一片喇叭的轰响。命运
紧紧握在我自己的手上

鹰之击

巍然兀立于刀削斧砍之绝壁顶端
目光漠然如冰冷铁刀雕刻着心目中的人寰
以一双铁翅向所有的生灵展示你的富有
抛弃大地你独居于黎明的高度
冷冷然　洞视人间
即使有人的诅咒击穿了你的胸膛
你仍能用那一脉沸沸之血浆
把一丛丛红柳浇灌

同是鸟的一族
却与众鸟不同
那让所有生灵倾吐仰慕的飞翔
那死亡之黑手狠狠掐向你时的坦然
不知叫多少仆地者又复生了勇气
你以天空为你的领地
以君主的永恒姿态
超然空灵地书写你的傲慢

总是凛然而孤独地出击

只是为了恪守祖先传下来的冰冷的信念：

不能为了一口食而折腰啊

你的心才没有被拴上锁链

即使生存只系于死亡之最边沿

你也从来没有把你有骨头的目光曲卷

这时候我才从你的眼睛里读出来

为什么你能够以傲岸的姿态书写众人的仰慕

因为你永远不仅仅属于

大自然

西部古战场

荒原大野　背景是风

是流动的旗帜　是时间的沙砾

勇士们曾经躺满了大地

躺满在这里的每一个凹凸处

他们的笑容

你可以在每一块石头上看到

硝烟在白杨树梢后隐退

厮杀声刚刚沉淀下来

和红柳的根一起缠满时间的手臂

他们的血汩汩地流成了沃土

他们的梦是苍鹰

站在悬岩上一动不动　窥视世界

死亡的黑雾弥漫

蚂蚁的大军飞奔

他们曾经像将沉的船

一半陷入土地　一半伸入天空

雪花纷飞　仿佛祭奠的纸钱

阴风吹过　松涛泣号
所有的花和草默哀折腰

我从时间的河流中走出来
我看见的身影不是身影
看见的历史不只是影子
我所唱的歌却是最美的歌
为守卫边疆而战死的汉唐的勇士们
你们的归宿是寂静
是大地之上的安宁
是我们茂盛的美梦
我闭上眼睛
风吹动沙石　荒草轻摇
那回声就是你们在喊：
沙，水，石，风！

遥望西天山

打马向你，我的泪水全无
一百个梦在山顶盘旋
天山，比物质要高
它属于精神的刻度
是宇宙的手臂
从地球里伸出
那样一种雄伟和浩大
无边无际
那样一种冰雪的洁白
那样遥不可及又近在咫尺
我疯狂地奔向它
它也飞快地迎向我
以一种亲人相见的速度

大清洗

自此，狂暴的水开始飘飘洒洒
向这个世界
包括田野和山林，包括城市和铁路，包括灵魂和面孔
一张天宇和地母张开的水的大网
一次混沌和秩序的更迭
一片喧哗和沉寂的组合音响
一种吐故纳新的全景式躁动不安

有的只是腾腾而起的裂变革新的气泡
有的只是新旧交合渗透的汩汩声响
只是钢和铁摩擦出的崭新火花

请你听：唰唰的洗涤声中响起杂沓的倒塌声
该腐烂的一定要腐烂
该清洗的一定要清洗
该新生的一定要新生

其实有的只是一片轰然的倒塌

有的只是一片破土而出的哔剥爆芽

晚霞

白日因即将幸福地死去而变得热血充盈
天空，此时出现一阵回光返照的密语喃喃

我心为之翩然跳动
橘子水一般清爽

终于蝶之彩翅化为渐渐暗淡的一撮灰
蝙蝠开始满天空交织箴言

月蓦然升起，居于蛛网之中
向黑夜辐射思想

天才

一只毛毛虫在树上爬
一个婴孩在地上滚
悬崖上，一个鸟蛋在巢中安睡
水中，晃动着我的倒影

而我看到了一只蝴蝶
一位圣人
一只黑鹰
和一匹渴饮的天马

墙

在我的体内有堵墙
墙上开了扇窗
窗台上伸出一颗脑袋
只长了一只眼睛
向外眺望

夜话

夜晚真静

我的朋友

一起走进月光里好吗

我知道因为心灵上的碑石

和你眼睛里的荆棘丛

你不能回家

那么

我们走进月光里好吗

那里没有虚伪的城堡

也许有泪

但那一定是甜蜜的忧伤

把手给我　把手

给我好吗

对　就这样

我们就这样拉着手

走进月光里

所有的蟋蟀　我知道

还有所有的树叶
都在弹奏
透明的音符
叮当作响
就像我的眼睛里
温柔的光亮

大雷雨

闪电的根须猛然飘散，而后又飘然陨落
紧接着雷声碾过头顶
起风了，风将皮鼓奏响
十万种声音一起呐喊
像狼烟一样弥漫
嗬　大雷雨　大雷雨　青春的大雷雨
若一阵骚动、紧张、迷乱、狂暴的大风
以太阳的名义，迅疾地从黄昏那里
卷向我们蓝色的年龄

一千亿滴雨，像葡萄一样铺展下来
在天空　在山谷　在森林　在我们的脚下
砸碎、迸裂成闪光的晶体，渗入土地
到处都是蜜的气息
到处都是生命的呼吸
而我们向前走去，肩膀上有风
手心里有汗，眼睛里有虔诚
三百种激情在我们的血脉里奔涌

八千个愿望在我们头顶成熟

我们向前走去，胸腔里有风

祈祷吧！奔跑吧！倾听吧！高叫吧！

天空，响过奔腾的百万匹烈马

世纪的琼浆，浇灌我们青绿的年轮

我们，一齐开放出绚丽的面孔

在我们胸中，岩浆奔涌

洋流澎湃、壮观，血与火交融

在我们的手掌和额顶

勇敢和智慧这两种元素

摩擦出铿然作响的电火花

所有的河流都在醒来，鹰都在高飞

所有的喇叭都在喧响，火车在风中疾驰

我们的手臂都在挥舞，旗在天空中飘扬

我们，挺直成满山的塔松

用坦荡的胸怀，迎接这激昂的青春

在天和地之间，在水和泥土之间

在时间和空间里

大雷雨，劈砍出歌颂的闪电

大雷雨　大雷雨

大雷雨！

忧郁的天空

我的周身被寒冷浸泡
秋季的天空阴暗潮湿
在它的覆盖下
我的朋友们四离五散
有的在流泪，有的
在月光下纵声狂笑
谁也不能够安慰谁
就像在网中蹦跳的鱼
命运的手指正弹拨着什么
天空中轰响着黑色的语言
以乌云的姿势
慢慢铺展，铺展
掩埋了所有的星光
而时间，这无耻的小偷
在暗处偷走了我们的衣服
我摸着我丛生的胡须和肩膀
深深地凝望天空

那里，流动着忧郁的回声
在我体内，所有的骨节
咯咯作响

云境与心境

以固体的三棱体四方形五角状堆积
天空
此刻，呈现出万种难言的境界
环状相围

我是涉水的人
我仰望这碧海澄天。这么亮
我激动。我感叹。我忧郁
涉水之声哗然，后复寂静
我乃远行的游子，无恋人伴行

一种蔚蓝自我头顶徐徐褪下
我前进，有涉水之声复响
我涉水前行，带动着风
遥遥的彼岸山体蓬松，峥嵘
我潸然泪下，泪珠叮当作响
我复前行

渐远……渐远……在云境之上
在心境之中

背影伴着哗然的涉水之声
我的衣衫像孤独的黑鸟
穿行，在纷纷凋落的季节之中

妈妈

这时候已是 11 月

天很冷

家乡一定都下雪了

所有的树枝和屋檐

都挂满了晶莹的冰挂

我想象着母亲

早晨刚刚起床

静悄悄地把早饭都做好了

才去叫醒父亲和妹妹

我想象着她去买菜

慢慢地在冰上走着

不小心会跌一个跟头

一定摔得够呛

没有人去扶她

她自己缓慢地爬起来

我想象着她

像往常一样

在洒满阳光的雪地上走过

唤着她的几只鸡

落下了许多凌乱的脚印

我想象着她

半头白发在灯下飘浮

她在缝制衣服

头深深地埋下去

仿佛在营造一座工程

有时候会忽然抬头

发一会儿呆

自言自语地念叨

说远方的儿子

就要回来了

我想念我的母亲

我知道她在睡梦中

总是梦见有人敲门

她去开门的时候

总是一愣，然后很惊喜

抱住归来的我

我想念我的母亲

在早晨醒来的时候

没有看见儿子

眼里总是落下

几滴透明的泪水

红船搁浅

阿拉干的潮汛突然来临
丹丹，冰块已经在春天的手掌上融化
跟我走吧，在死海的岸边
从七个小矮人那里，驶来了一条红船
有一只白鹭，张开翅膀
在阳光的眼睛里浮现

我的手指轻轻弹拨你琴弦般的黑发
你的笑靥之湖轻轻承接我的默然
丹丹，你不要用手去拍它
我怕湿漉漉的艰难旅程的烟雾
会弥漫橘黄色的风景线

丹丹，回声还没有被埋葬
樱桃的红果子，蛀满了冬天的谎言
我们走吧，因为拥有一条红船
到一个地方，那里用黑陶罐盛装湖泊
有几只青鸟，悠然走过蔚蓝的沙滩

大学第一年

许多虫在蛀时间
季节像沙子
从我们头发间飘洒下来
转眼就变成金黄色的秋叶
洋洋洒洒
同学们是初次见面的狗
彼此嗅着　企图认同某种气味
讲台上总是自我陶醉地
扭动着花白的头颅
这头颅令我们敬畏
中国革命史课　人最多
后来我们都革命啦
因为革命者们　还从来没
试验过睡懒觉的十三种姿势
吃饭时人头攒动　像过节的鱼
迅速地游动　吞咽青菜和肉
吐出骨头

纷纷开口大嚷

大锅菜真难吃

我们统统想家　想得要命

都在拼命写信　或收信

这的确是一个忙碌的季节

就这么一转眼

考试的寒流　开始全面进攻

我们措手不及　纷纷举起袜子抵挡

基本上　全都成了漏网之鱼

人人过关啦

美丽的死亡

菊子，在夏季你是一枚青果
高悬于葱茏的季节之上，等待着成熟
7月的风吹拂着，你像一只铃铛
快乐地在风中摇响
你属于白鸽的翅膀
在你的手心里聚集着露珠
在你的身后，没有阴影延长

菊子，在夏季你是一朵花苞
悄悄地探出邻街的窗口，等待着开放
你的愿望在洞箫中生长
所有的树叶，还有蟋蟀们
都在为你编织葡萄一样的梦想

菊子，你不会料到
命运的蝙蝠群
已经从黑夜那里领了赏

开始在你的头顶盘旋

你像一块斑贝，留在了退潮的沙滩上

太阳陷落之后，一只手

猛然把你从夏天那里夺走

菊子，那一刻你的眼睛里

爬满了蜥蜴和蝗虫

我还活着，菊子

每年的今天，我都会写一首诗

让它在阳光下焚化

我在上面种满了祝福的白蘑菇

在你安居的地方　有一只蓝蝴蝶

正在悄悄地降落

旧房子

在冬天　旧房子更老了
变得白发苍苍
所有主人的记忆
都被冻成了冰柱
挂在你窗台的睫毛上
我从遥远的地方归来
见到你忽然就感到凄凉
里面的一切如旧
就像午后的阳光
含在燕子的嘴里
到今天我才突然明白
没有生命的房间
比有生命的人
更深情

风景：好汉们

八个好汉闷头干活。他们锤冶岩石
和风，和滚烫的泥土
叮叮当当之铮响轰击地母耳膜
铁的声音铿锵而作

滚烫的太阳炙灼他们的眼睛
和皮肤。八个好汉闷头喝酒
锻打胃肠和血脉。点燃大脑和神经

八个好汉闷头打夯，锤砸金乌
把太阳砸进黑夜深处。最后八个好汉
站起身，抖搂开衣服，漫天放飞蝙蝠
八个好汉仰天长啸，啸声振落霜露
万物无语
八个好汉走进夜的子宫
劳动极其壮美

走廊里的死鸟

这是一个被夏天遗漏的情节
白色走廊里生长寂静。红色阳光涂抹墙壁
洁净而又安逸

穿红裙子的女孩通过这走廊　打算走进另一种风景
穿红裙子的女孩一声惊叫，她俯身慢慢托起掌中一只死鸟
鸟安详熟睡
穿红裙子的女孩沉思良久，在夕阳中变幻成
不同姿态的雕像
穿红裙子的女孩轻轻咳嗽，轻轻叹息
她关闭了通往成年的梦

穿红裙子的女孩脚步声复响起，杂沓而又沉静
鸟安详而又沉静　睡在她的掌里

穿红裙子的女孩的确通过走廊，进入了某一个季节
穿红裙子的女孩倩影恍惚朦胧　脚步之声

喋喋响

镶嵌在走廊的油画里

丢失了影子的孩子

曼德尔施塔姆　五十年后的今天
我从旧杂志中读你
这时你像孩子一样
从岁月的森林里走来
西伯利亚的云潮湿而又沉重
像抹布一样笼罩着你
你眼睛里的鸟不再鸣叫
声音也喑哑
可你还在走着
为了去找回被冰雪覆盖的脚印
你的诗柔弱而又明亮
像石头上不败的花
一群乌鸦跟着你
你没察觉
世界对于你只是一个花园
你想不到杀戮和血
乌鸦们突然出击

衔走了你的影子
那是在 1938 年的冬天
集中营里生长着死亡
在一间屋子的四壁上
留下了你的呼吸
那是诗，和你永远的生命
你像鸟儿一样
掠过了 1938 年冬天的天空
影子脆弱而又明亮

我看见孩子们

我看见孩子们正在夏天的躯体上繁殖
孩子们的笑容在夏天成熟，被收割
我看见孩子们正在被夏天完成
所有的鸟儿
掠过了我灵魂的深红色天空

噢，夏天的太阳，停在孩子们的手上
我看见夏天的鹤追逐着萎落的影子
那些雏菊　在草地上被风收回
泥土的内容在孩子们的眼睛里悬垂
成为渴望，和血一样的憧憬

最后我看见孩子们扇动着翅膀
飞快地掠过了我们阴沉的眼睛
进入了夏天深红色的天空

纯粹

我行走
我的足音落在空谷
像花朵纷然开放
诗的猫头鹰倏然掠过头顶

我倾听
我的耳朵在夜间飞翔成蝙蝠
捕捉黄昏，织成预言的网

在阳光之海里我漂浮
青草依次亲吻我的脚踝

最后我抓住了一把羽毛，一束光
我感到我在疾速上升

今年秋天的岁月感

秋天之中，我老是找不到自己的影子
我听见沙子，在一个地方流淌
人是飞鸟，迷失或陷落
金属的阳光一直是这样
听着沙漏，我的心安宁而又凄凉

在夏天闪烁的是另一种玻璃
我们被浓荫覆盖，我们的皮肤和手
都在歌唱　我们的腰肢
可以像水草一样摇摆
果实饱满，深沉
向地面悬垂出一种姿态

我被一条河所困　沙子
水声　谁在等待着我
月亮的阴影轻轻舔动衰草
这一切再也不会
在明天的青铜里醒来

雪原上的光头

雪被阳光锻打。雪穿过
声音和铁，雪和鸟与树对话
在冬天的雪原上，我的光头
很纯粹　我的光头里充满着
麦子、金属的诗、水分充足的语言
我的脚不和头发接近

在冬天　蓝蔚的风穿透雪
衣服和影子。树木向天空投诚
鸟的翅膀在风中倾斜
雪花的液汁饱满，晶莹
他们是音乐夺走的我的头发

我的光头和阳光相遇，一片哗然
是水中泅渡的蟋蟀
没有头发的光头里充满空气
棉絮一样的云　软软的铁

和语言的火苗

在冬天，我和我的光头

平稳地，滑向成熟

事物的联合

阳光被打湿。玻璃。幻想中的鸟
掠过晴空。云和云的语言
一个女孩穿过空气，她握住一滴水
秋天。狗的叫声很白
还有音乐。埃利蒂斯的挽歌
一束光把城市切割
一群鸟，飘进了梦的水底

提琴倾斜的姿态。邮筒
孤单的歌手。黄昏星指点金莲花
石头里的歌声
水和浓荫一起被秋天剪贴
羽毛。阳光　空气　水
缓缓穿过屋脊

留不住的夜色。透明的铁
雨滴击打女孩的额头，语言鸟群

和我穿过回廊。瓶胆

被月光升华

金属的器皿里

盛装着诗，水草，和我最后的歌

秋天的怀念

夏天走了，而秋天

正从物体的阴影下，一点一点地逼近

它的姿态是漫延的水

漫漶的水，一点一点地

走进潮湿的泥土

这使我蓦然回首

记忆的小径交叉横陈

一只红马鹿

倏然一惊，它的身影隐遁在

一片模糊的水痕里

这个秋天我不能停止怀念

我所经历的一切，文字

都留不住

它们是水晶，易碎而且宁静

和记忆一起靠墙侧立

只是一股冰冷的水

慢慢地，浸过我的全身

我无法表达我的怀念

静极

嘘——
谁在花蕊之上，感动我？
静极。唯蛛网和灰尘在降落

请让黄铜里弥漫的声音安静
请俯身面向一束光芒，请猜测这一种安宁

泥土的火焰，在土地和河流之间燃烧
谁拥有大美而不言？
静。静极
唯留披肩长发之我，倏然入花朵内部而去

静极。而后有人自大荒东来，一路浩歌

拈花

拈花人含笑不语
他在季节和季节的连接处翻转一片花叶
含笑不语。不语

拈花，须手指和手指峰回路转
须心静如钟，让蜂翅停止扇动
须握住一股温馨的风

他若有所思……含笑不语
拈花人拈动花叶。用鼻翼感受一束目光
这目光来自前方一段波动的风景

蓦地，一个轻盈身影在他眼前花树间隐现
他翩然向前，所有的花枝
在他面前纷纷让开
可没有人，只有鸟鸣在头顶响起

他拈动来自春天深处的花朵
心中升起一个人。他含笑不语
花瓣在他手上纷纷散落

经过一个村庄

偶然经过一个村庄
这个村庄很平常

我和她猝然相遇
彼此都猛吃了一惊
村庄被一群山丘拥揽着
像一个害羞的姑娘
炊烟笔直得像一只手
一些狗穿过密集的阳光
玉米地在风里头翠绿地飘浮
几只鸡低头思想
时间在土墙上嘀嗒地流动
老人们坐在门槛上晒太阳
孩子们做梦梦见了海洋
牛突然叫了一声
两棵树在村口一摇一晃
从以前到现在　一直是这样

偶然经过一个村庄
我感到已靠近家乡

星

这唯一的语言：从夜空指向你
这唯一的指向，全部
被黑夜和思念浸湿
在夏季的居室里
怀抱丝绸，我倍感温暖
一些种子在黑暗里成熟

现在　世界的声音涌来
那是长江的声音　船的鸣叫
那是女贞树叶被阳光穿透的声音
那是你的呼吸声
那是你梦中的灯光和流水声
那是所有恋人祝福的声音
因此我要一举拿下湖北省
最终星光照亮了你和我
星啊，请别陨落，请别缺失
我们将在太阳隐没的时刻起立

歌颂一个寻找金杯的少年之死
赞美一棵茂盛的黑夜之树长青

词根：父

我无法走出你的血液，父亲
每一次远行，我都知道
会有更多的声音在你脸上老去
你给了我生命，和全部的启示
我是你壮年的树上落下的果
现在已变得殷红醒目
我漂泊在外
安全抑或受到伤害
这一切你都力所不及
每一声沉重的呼吸
我们离死亡都更近了一步
父亲，我们要到达的地方很远
那里只有一抔黄土和一杯水
面对着这最终的归宿
我们只有注视前方，或者埋头走路
忍住身体内部的刺痛
只是你，一直都走在我的前面

去年

去年春天，世界"咣"的一声
季节的幕布就拉开了
满街都走动着少女
她们欢笑，奔跑或者凝视
姿态优雅，令我迷醉

感谢上苍，让这世界充满少女
这阳光与水晶凝成的生物
这晴空下最美丽的鸟群
去年春天，她们滑过我的眼睛
我不仅仅感到晕眩
而且知道我已没有了怨恨

穿越了那么多成长的隧道
我回头张望去年
那时候少女们活泼可爱
动作矫健有力
让我永远怀念，而且必须伤感

害怕被空气伤害

害怕被空气伤害
因此我小心翼翼地生活
并学着恋爱
空气嘶鸣，有虫群惊惶地奔涌
为了躲避明处的猎人
我因此不停地迁徙移动
和鹿群一样，怅望目光尽头的家园

没有一只鸟能够映照露水
不拥有斧头，难以砍伐树木
也难以收获自身
我知道我单纯，明净，脆弱
在风景之外　我谈着恋爱
拥抱恋人　环顾周围
我害怕被空气伤害

第二辑

水上的村庄

水上的村庄
大水淹不没月亮
明亮的少女
要做新娘

妹妹　妹妹
海是你的头巾
风吹上山冈
红的都是高粱

水上的村庄
村庄上面是太阳
比太阳更亮的是黑夜
与黑夜一起变黑的是马匹
受伤的骑手在歌唱

美丽的姑娘

害怕被花瓣和青枣击伤
骑手走过你的时候眉头很低
声音却更嘹亮

被音乐拥抱

肖邦和贝多芬
一个很轻，一个很重
能够摧毁所有的柔弱和沉重
犹如鸟和家园
一个最轻，一个最重
向上的羽毛和向下的泥土
从地心开始，结束在半空

音乐是离心最近的声音
它比阳光下的鸟巢温暖
离物质最远
离地面最高

肖邦和贝多芬
一个是游子，另一个是怀抱
让我在失却世界时或者眺望
或者沉湎于被拥抱的安详

重回镜中

我们是一对童男童女
像天使，过去一年飞翔在天神身边
如今岁月之河滚滚而过
我们经历的比预想的要多
失去的比得到的要多
我们拥有的一切叹嘘，一切幻想
而今复杂得像机械时代的仪器
自身都无法辨识
是什么叫我们心中充满淤泥和灰烬
生存就是无止境地下坠吗
我多么向往重回镜中
在那里我们黑发似夜
纯净如一张白纸
没有一个字　曾经占据过我们的心

博尔赫斯

大师，人类的大地上升起了你
你醉心于迷宫，这世界自身的谜底显现
以至于双目失明
老虎的金黄、沙漏和不断繁殖的石头
是你给我们镜子中的暗语
世界在你身后
一百次解体，又一千次卷土重来

你怀揣着火焰，和语言
行走在布宜诺斯艾利斯的街巷里
像潜行在时间的血管里
你修修补补，敲敲打打
为人的缺失感叹
为图书馆里的书籍所困
而四顾茫然
你注定远离世界，你这个老人
又被世界迅速接近

面对人类，你一次次下降
打捞每一枚闪耀着梦之幽蓝的银币
大师，你无视时尚和当下
不知道世界和你身处何方

大师，美洲因为你的挖掘而深邃无比
你八十高龄，最终和雪豹一起上升
冰峰上渐渐显现的
是一个世纪的大梦

月亮女儿

月亮女儿你不说话
你不是神
你居住的平原上不开花
星星缀满了你的前襟　你不说话
你的身后大海汹涌

你的身后大海汹涌
头顶是天空
天空上面是蔚蓝和黑暗
歌声把我锯得很深

歌声把我锯得很深
碗里头是血和水
靠近你的是石磨
粮食吱吱作响，被碾碎
月亮女儿你望着谷仓
不说话

你让我亮得很深

让她住在最高的山上

让花朵飘过她的头发吧
让她的掌心握满了风
让她住在最高的山上！
让她接近天使，头戴花环
让她听得见鲸鱼的歌喉
所有的道路都指向她

最高的山上远离尘土
最高的山上接近了云
让她被金子一样的视线覆盖！
让我轻轻吹动花蕊
更多更美的话语在她手指上碰响

山下的河水和山上的太阳
最美的姑娘和大地上浪游的马匹
让她坐在最高的山上
接近血液的大海
并被我的注视暖暖地包围

询问

这一个夜晚你好吗
你一定呼吸得很轻
比雨滴的碎裂
更轻灵
你是在雨里走吗
这会儿我正在灯光下写诗
用每一个词来测量你
你喜欢一个人在夜里待着
比月光还宁静
这会儿没有别人了
你一个人唱一首歌吧

要是你已经睡着了
就不要怕梦见鹰巢
是如何筑在悬崖上
你总是在梦的结尾
回到你的少女时代

很多叶子覆盖住你

你是其中最青嫩的一枚

你笑着探进半空

和灯光磕碰

直到把黑夜推进了黎明

你只管轻轻地生活着就是了

用不着瞻望

远方总会有一个人

内心里点燃蜡烛

在想念中等待天亮

食花

走过钢铁时代，腰悬诗歌
你念念有词，你用
嚼过物质的牙齿
轻轻衔住花朵　咬住它
你先听见快乐的呻吟
然后你看见蚯蚓的血
和花的香味重合
食花的时候你不骑马
也不去关心美人们
如何长成漂亮的庄稼
你和花的碎片一起战栗
一起感受破裂与消亡
究竟又能作何感想
花蕊的心脏像铁锤
嵌进你的喉咙
你的头发比黑夜更黑
垂下来像忧伤的神

死亡和青稞一起长进骨头
你什么时候
会把花朵开满头颅

轻些，再轻些

轻些，再轻些
不要吵醒玫瑰
不要让泪水比空气更沉重
轻些，再轻些
不要进入鸟巢中圣洁的安静
不要叫番红花比马蹄更冰冷

没有什么会比雪融入钢铁更轻
没有什么会比你和我血液里的话更轻
没有什么会比我们的爱更轻，几乎像雪一样

质量轻

他把头低下
他把头朝向月亮沉重地低下
他低下头，心中的石块冰冷
他把头低下
他感到自己比雪还轻
他把头朝向心
那里的洪水汹涌
他看不见自己的影子
是怎样漫过了胸口
他把头沉重地低下
在抬头的时刻他看不见她
深海里绝望的大鲸在哭泣
他把头低下
他把头朝遥远的黑马低下
一些种子飘过天空
质量轻

反修辞

如果你是 21 世纪的一支手电筒
那么我就是大海深处黑暗的道路

如果你是闪烁在绿叶上破碎的光
我就是水，从你的身体内部照亮

如果你是流动的沙
那我就是反复梦见火焰的岩石

如果你是我睡觉时还在飞翔的嘴唇
那么我就是沙滩上做梦的鱼

如果你是天空中的花朵
我就是坚韧的根，拒绝在历史里向权力投降

如果你是飘荡着的脸
我就是无边无际的空气

如果你是纷乱的思维，和闪电纠缠
我就是你背后长大的土堆

如果你是生生不息的鸟叫
我就是铁的声音，打算和你浇铸为一体

如果你是梦
那么我就是马，顺着你的头发以吃草的方式围困你

如果你是女敌人
那么我就是你的男朋友
以血来和解，以爱来修补玻璃杯

如果你最终想逃离我的掌纹

和一个牧羊人的谈话

其实和一个牧羊人你不需要交谈
你只管对他笑一笑
并排坐在山坡上
看着远处的山坡
看着浩大天空中流动的云
和草地上盛开的羊群
这时候一切都明亮起来
你们坐拥安静本身
你的心就像一片温暖的湖泊
在没有风的日子都能够舒展
这就是西部
西部的牧羊人和他的羊
超出你的想象
在那样一种雄伟深沉的静默之中
你眯起眼睛
突然间就失去了自己
天和地之间的大美在摇晃

而你在沉醉
羊群像水流一样漂过草地
你从牧羊人的眼睛中
读到了最深的东西
你刚要开口说话
因为你实在想说点什么
你内心的暖流涌来
牧羊人伸出一只手
说，把这个冬天接住，兄弟

身在井中

比风还遥远，比水的波纹更深
在井中我们下沉
下降到记忆和少年的深度
那时候你青葱鲜嫩
比黎明和梦都更清纯
你是枫林的女儿，琴的妹妹
我看见你沿着井壁盘旋
而我在井水中低语
歌或笑都是天使在云层中的回声

在井中相聚，我们的语言不会潮湿
而青苔是延伸出的花纹
井壁的声音是岩石的父亲
这时我们停止旋转，抬起头
许多少年的鸟
掠过幽深的井口与天空

在井中相聚，你和我都鲜艳如梨
更多的飞萤包围着我们
我们悄悄生长，口衔黑暗
盼望上升，到达井口
那里将是白昼的高度

这是我们唯一的大海和方向，钻石和光
我们飞速攀缘在岁月的绳子上
猛然跃出井口，在广阔的青春中消失
比鹿隐没在自己的影子里还迅速

重聚井中，所有的言词都抵挡不住寂静
所有的歌都不如哑了的喉咙
我们是两颗水滴，离水最近
下陷到清纯最深
没有一丝浑浊的风
能够把我们和井水带走

1992 年 8 月 24 日深夜 2 时经过石家庄

我刚刚被黑夜从梦境中捞起
感到列车异常平稳
就像一把手术刀，在进入一个躯体
钢铁铿锵

这是灯光映照下的内脏
这是在睡眠和休克深处的城市
被麻醉的病人，躺在黑暗的大地上
被局部的灯光托起
我猛然感到无边无际的战栗

深夜经过石家庄，我醒着
城市睡着，更多的梦在大街上飞翔
列车进入，而后离开
一道闪光点亮了道路
我将抵达前方的终点：北京

骷髅花

天高云淡
广阔的是大地
飞鸟下降
歌声在弥漫

你的皮肤是我的河流
你的身体是我血液里的植物
或者流动，或者燃烧，或者生长
死与爱只有三个方向

两颗头颅
是两朵小花
开在骷髅地
那里可曾是我们相遇
和戏水的地方

不要停留，不要让时光

打湿我们的嘴唇
是雨水在招引
忘掉白昼，连接黑暗
逃离伤口，汇入甜美的河流
我们命中注定
一起在梦中飞翔

大城飘浮

这座大城，似乎从大地深处而来
它像是一块无边的地衣
正在变得硕大无比，几乎不真实了
在白天，它飘浮在尘土之上，面目不清
而又森严壁垒，像是一张巨嘴
吞吃空气、汽车、植物和道路
在夜间，它虎视眈眈
准备随时搀扶每一个
在睡梦中跌倒的人
这的确是一座大城
你看有多少张脸背后的皮
被挂在阳台上晒晾
有多少人，踩着一致的步伐
出入地铁、公共汽车、饭店、商场和楼厦
买卖梦想，然后在物质中消耗自身
成为更简单的物质
在大城中，所有的人都是单面的

你看不见更深的事物，看不见本质

比如苹果被切开，果核成为分布的星星

在大城中，最为流行的是音乐和沙子

一切都在迅速流动

没有固定的旋律和形状

抓不住一切，你只能在黑夜里

奔逃到街上，你才会由植物变为马

去追赶自己的影子

这是唯一真实的

大城无边无际，向四面八方铺开

几乎到达山地和大海

人们在这里集结愿望，展览舌苔

交换手上的掌纹，然后拍卖

那些向上或向下伸展的楼群

压叠着精神，限制一些手臂和飞鸟

这座大城人头攒聚

人们如同欢跃在大海中的鱼群

看不见渊面黑暗，也不知道脚下的海沟更深

只愿跃向水面，追逐泡沫

这就是欢乐，是他们的唯一节日

那么，大城依旧在生长和飘浮

在天空下，封闭如同仓库

人是繁殖于其内的鼠群

在粮食和空气之间奔逃，并呼唤水

大城，以更多的灯光来映衬

它被噩梦所压肿的脸

因此，大城可以说是一场电影，一幅固定的画

一座古战场

在历史中生长，在时间中无边无际

这就是大城，它用立交桥、高速公路，

用假面舞会、卡拉ＯＫ酒吧、发廊来变换内脏

使你忘却形式，身不由己深入其中

从事物的另一面前来，你又走开

你进去，或者不进入

都不会成为果核，因为你是苹果中的星星

城市中的马群

那就是一些马，一些刚从美梦中惊醒的马
飞驰，穿行在城市之中
忘记了欢娱和黑暗的交替
表情疯狂，忍住疼痛和泪水
在高速公路上出现
或者消失

那些马，刚刚从大学里冲出来
嘴里还衔着知识的青叶子
头顶是蔚蓝的天空
脚下是晃动的大地
耳畔响着摇滚
年轻的马，冲动的马
在汽车的茫流中穿梭
寻找或者躲避

每一年总有马群奔逃

从校园逃向大海一样的城市
去寻找草地
这是更广大的世界
在奔跑中马或者马失前蹄
或者无所适从，无地自容
身体里流着绝望和希望的盐水
它们记住的不是方向，是愿望
是奔跑，让大地、大城和大海
依次消失在眼睛里
并被成长的路所追忆

北方之北

后面跟着黑暗
背上却是飞鸟
北方向南的马
不愿意回到家

妈妈哭喊
孩子们上山
打架的声音走得很快
原野空旷

大地把流火展开，又把梦合拢
所有的赞颂都走向光明
你是哥哥，她却是海的女儿
心跳得剧烈而又甜蜜
向着北方之北漂浮
眉毛是冰雪，呼吸出大鹰
你握住疼痛，怀揣巨石
把歌声和北方全都引向高空

星光

这星光，运行于天庭
这黑夜，展开在深渊
离乡的人
不要握住玫瑰
月亮烫得我胸口疼

月光一跃，如同跃入大海
星移斗转，世界在运动
我仰脸祈望奇迹
夜里没有回声

而我嘴唇上热望的名字
带着香气的星星
我眼睛里飞跃的精灵
今夜我不会睡去
呼唤群鸟，黑雨落在夜空

阳光在喊

鸟群凌乱到达，而后离开
羽毛与流云混合
你顾盼生辉
小巧的手掠过空气
阳光在喊：
"你们，你们！"

我们都是奔跑在原野上的马鹿
你和我交颈而立
感悟岁月中的沙子
我们交互沐浴，采集到了血液中的黄金
我们心地善良，信任柔软
期冀一同穿越沼泽地
体验流云与星辰
飞逝和明灭的快乐
你和我顺流而下
接近了提琴和晴空

阳光在喊：

"你们！你们！"

移动或静止：以声音和树木为背景

和你的相遇如同面对一汪湖水，你的宁静幽深
和清丽明快一瞬间击中了我，让我体会到了利剑
穿透身体，我的语言一刹那被烧破
我的方向不可逆转
火焰腾起，钢盔上的星星在闪烁

你是一株秀丽的树，根植于
深厚的南方山地灵气之中
你的话语，是掠过空气的羽毛
是塔顶鸣响的风铃
你的眸子里有泉水的声音
我的左胸回荡着马的嘶鸣

在以湖水为背景的风景中，水为树林所环绕
而你木秀于林，安详的鸟飞越安详的树林
你看不见你自己，我听不见我
我们接近的方式和速度如同静物，也听不见声音

云

我在为你带来的声音
而烦恼万分
我的心灵，几乎生满杂草
钢铁和机器
逼近了我　我听到了它们急切的喘息
这是野兽来袭

但是云有时会下雨
冲刷城市和我
我听见尘土退下，我渐趋于透明

"云"，你用手指着半空
雨已下过，云的飘过
构成了冬天的布景
我们站在一起，神情寂静
"黑云"，你说
我听见喧嚣已在云的消失中变得空旷

我一厢情愿呼唤你
犹如期待成熟的苹果

你说："红云"
沉默的鱼群
在我们的嘴唇上游近

吃冰的人

吃冰的人以火热的嘴唇吃冰
吃冰的人内心火热
没有钟声
手上洪水泛滥

吃冰者不惧怕透明和寒冷
他咀嚼冰块，用手捂住左胸
那里一座雪山穿透肋骨

吃冰人行走在冬天
脚已接近春天的边缘
吃冰人吃冰

甜蜜的星空

在金汤湖仰望星空
燕赵大地紫气横生
利剑横空出世，剑光一闪
果实击中英雄
星星以迷乱的阵营
刺痛了我的眼睛
我听到巨大的水在流动
那是在无边无际的夜晚
铁睡着而你还没有苏醒
让香草铺满你的梦境
在金汤湖仰望星空
偶遇流星，一道红光掠过头顶
我正想着你，那么
是谁将要让你离去
巨木倒地，洪波复生
我泪水四溢，握住了一枚铁钉

高速公路

高速的运动，音乐的停顿和持续
把行动送进了冲突！

把欲望飞快地运抵河的对岸
没有人再依恋倒影

飞鸟把翅膀收在半空
把羽毛递给燃烧的空气

那是谁，站在河岸边收集河流中车灯的残片
扑灭汽车尾气的危险火花

城市肿瘤因为高速公路的输血
日益变得茁壮，变得心动过速
在这巨大的血管里你捏住喉咙，没有歌声
只有寂静，只有群鸟被针线穿透

诀别

呀——这田野比大地还来得干净
比心脏的跳动还倾斜很多

诀别轰起了白雪和乌鸦
并把星空还给了黑夜
连续地走远——背影
背影不会被井水留住

咿呀——这诀别比点灯还来得悲伤
比稻麦倒地还快速
想起是石头垒起了身体
在我的土壤里你生长过一个四季

在田野里你被暮色运走
这诀别比泪水更重更深！

奥菲利亚

奥菲利亚手中握着鲜花
在水中漂动　触动了鱼的睡眠

奥菲利亚的小镜子
藏在王子的胸口　但现在
睡莲已将你碰伤

奥菲利亚，梦见星光的女人
你是为了不惊动鸟巢
才成为开在水面的菖蒲吗
你小巧的乳房
也成为泪水和石头的秘密

你不下沉也不上升
让天使和魔鬼从两个方向惊异
让王子找不到家，找不到道路
找不到血中的盐
让他在疾风中把双眼蒙住！

诗

我要吃掉那些向日葵

吃掉叶瓣里的虫子和空气

吃掉思想者的塑料鞋

吃掉　都吃掉

我不能放弃吃掉噩梦

吃掉你脸上的胭脂

吃掉河面上的丢弃物

吃掉正在飞翔的鸽子的弧线

让它找不到窝

吃掉航行的船！吃掉舌头本身

吃掉真理和迷雾　吃掉思索的大脑

吃掉足球连同守门员

吃掉高山上的岩石和冰雪

吃掉该死的拖拉机

还要吃掉路灯和高速公路

吃掉牙膏和飞机场

吃掉加油站和伞兵营地

吃掉沙发、灭蝇器和古城墙

吃掉所有的镜子！

吃掉整个沙滩

吃掉沙滩上裸泳的人

吃掉沙堡和可笑的孩子

吃掉气球　吃掉女人的哭泣

都吃光

也不放弃吃掉自己

当我已没有了舌头

我便吞吃我说的话

黑天鹅

黑暗的颜色，黑色的鸟

适合于水底飞行

你带来了水的纹路，和玻璃中柔和的火

冷却的火，以及冰中的花朵

你其实比黑夜稍亮一些

在瞬间让我把呐喊收住

黑暗的鸟，同样是黑色的玫瑰

摇曳在广大的温存里

用一声呼唤，用 4 月的一缕风

进入我的沉默

这是比雪的融化还柔美的羽毛

那种黑色甜美的气息让我沉醉

而你自然和黑夜共生，如同梦境中的树枝

从阳光的背面伸进白昼

带来了全部飞翔的消息

我无法围拢这黑暗，这黑色的战栗
这高贵的姿势，是你从空气中优雅地游来
递给我最纯的黑夜
和将被漂白的黎明

疾行的火焰

无法加注的速度，是两簇火焰的疾行
是耳朵与倾听，是铁向海底深处的漂浮
在一千公里的风中我们互相致敬！

这并肩的疾行起始于
大海停止之处
这伟大而又静默的流动
在白昼里从不流动，在黑夜里也是和根一起
茂盛与沉默地疾行！
在某种意义上则静止于高处
那里火焰飞奔，到处都是前进
是致意，是飞动的词语，是加速的良心

你到南方去，要躲开被装饰的巨石
我在北方，将保持坚忍的泪水
这是我们共同的秘密和水晶
怀揣苹果的人，比天鹅高蹈于死亡还从容！

在没有耳朵的时代里保持倾诉
在没有行动的时代里俯身飞行

献给你！和我一起走动的人
有什么样的火光会更秘密
如同我们一样飞遍了时间和月亮
从而划破乱石，成为白银的星空？

月季

最高的月季，最热的夏天里的一枝花
带刺的激情把火留在我的心中！

最热的话语里的一枝花
安静的花瓣也会把脸刺伤

最美的月季，摇动在高处
所有的雨滴里只有你一抹笑容
迈着更快的步子
把我留在风中
把黑暗锻成布匹
新娘和新郎
在天鹅边上梳妆

噢，你，最亮的月季
听听我最深的祈求
最热的夏天里的一枝花

把我的皮肤深深刺痛
这血里跳动的心脏
深深地把刺扎在我的口中！

玫瑰呼喊

夜的呼吸中有血液的战栗
风琴的声音将北方席卷
广阔的澄澈击伤了我
我无法用风把我自己收紧

你是夜的女儿，却戴着忧伤的王冠
荆棘的王冠，长满了倾听的木耳
聆听野鸽的心跳
哀叹飞逝的花朵已经无济于事

黑夜和你共生，如同另外一枝花
从手上深入叛逆的夏天
光亮已经全部被海水吸收
最后的女人都要在湖底沉睡
谁将会吵醒我们，金枝已经被火焰锻打
在大陆的另一面，谁在谛听
时光整齐的刀刃，必将收割我们

谁把呼喊深深地
种植在我的胸腔中？

天鹅

看不见的鸟，白色中的白色
最明亮与最黑暗的
在河流停止的地方
被银子的声音吸引
以倒影的闪电向我击来

我经受不住这诱惑
就是今天，一个在孤独中浸泡的日子
我在诗歌的红铜城邑中碰壁
却一直想用额头来歌颂

而那看得见的鸟，水中的水
最华美与最朴素的
令人怀念的翅膀
划过幽暗的湖泊之镜
此时连死者都停止了悄悄议论

而我，一个深夜中的旅人
为你照亮的水域所引导
我看见那里有九颗星
每一颗都比另一颗亮
那是方向的方向，那是目光的加速
向着你纯正的洁白飞快地致敬

天鹅！夏季里唯一的声音
你却是被克制后的激情
如同最灼人的火焰
亮在黑暗的最深处
那是火焰微暗的边缘
以美的牧歌，把涟漪在水面上推开

这涟漪是水的指环
一个套一个，由大到小
由水的中心到外围
最后接触到岸，如同吻中之吻
以流动的盛宴
催动风景向大地延伸

可我渐渐看不见你
或者你是黑夜里

唯一的亮点

是上天的一个词

是风铃所谱的乐曲

是戴着野花头饰的残存河流

在我心底的暗河漂远……

银子的庆典

那是我在观察你，想象你
看着你在水中舞蹈
这是银子的庆典
这是火花的凝固，一瞬间
一千种闪耀都是第一次闪耀

听，时光之神
已向我发出了歌唱的绝对命令
我和我的血液交谈
我用词燃烧起柴火
为黑夜旅行的人照明

我羡慕你在黑夜里，因为只有在白昼的
另一面，我才能看见你
凝视你，和你交谈
并拒绝阳光下的事物
在黑夜，我身上的苔藓停止了生长

我像一个簇新的人
拥抱着皮肤来和你亲近

这是孤独的守更者
我内心的时钟速度在加快
我看见了你绚丽的仪容
在每一阵蛙鸣的合唱中
把风和深渊装点！

诗歌之火

猛然之间，天已冷了下来
这使得我被忧伤灼痛
寒冷的不仅仅是雾，是雪，是霜
更是深入血管的孤独
我的嗓音失火，喑哑的琴弦也断了
所有的修辞黯淡了，连沙中之钟
也停止了奏鸣
我失去了天鹅最初的吟哦

但是你，郁金香姑娘
在另一个世界朝我眺望
如同另一个黎明
在黑夜的反面把我唤醒
郁金香姑娘，瘦姑娘
黑夜里的小灯
草地上最明亮的石子儿
郁金香姑娘，我看不见的时光之剑

已将大海铺开在我们之间
汹涌无边，无边无际
不可逾越的新世纪
正在来临

南方水晶

南方有不同于北方的美丽事物
听啊，白色种马在大雨倾盆中疾驰
在更远的地方，一场大雪在飘落

你的声音是真实的，比裸露在荒野的石头
还要孤独坚硬

到处都是消失，是变动的星星的阵容
看得见的音乐，以躁乱的节奏
在空气中变形

我的写作变得迟缓
用词也更加具体
而智者已经在大地上隐去
没有梅花鹿蹄印的痕迹

是不是仍旧有唯一的门没有被打开
沉痛的凝视是必需的坚持

十个死者站起来向你说话

十个死者站起来向你说话：
不要站起来去看天黑了
没有白昼，你就是白昼
让最后一粒种子在你的口中发芽！

十个死者，连头发都是白色粉末
他们的身体却是光线
是无形的根须
在空气里把黑暗围拢

这是不曾熄灭的爱情
这是收在半空的呼喊
十个死者站起来向你眺望
他们的目光是你摆渡的一条河流
站在渡口，我看见
十个死者是十棵树
是小小的森林，空虚而茂盛

抵挡生命的水土流失

生命战胜死亡，是唯一一种可能

3 月 8 日

全世界的妇女都在今天休息
我独自工作！
把向你的火焰
在嘴里吹旺
全世界的怀抱都拥抱着亲人
我独自拥抱虚空
这是丝绸和空气的气息
在三千公里的风中
我们思念得发疯！

这是数不清的翅膀在飞
而你的节日是安宁
好好睡吧
于我这却是特别的一天，我在劳动
而阔大的思念使我盼望你
我在黑暗的城市森林中穿行
挖掘新的词汇
为了迎接你新的誓言

德沃夏克

一个有风的下午，音乐，突然把我从睡梦中

收紧，这是肖邦的手指

弹在我的耳朵上，我听见

另一块大陆，德沃夏克的大陆

以宁静的航速

行进在你的听觉中

一种朴素的美，在四个人的耳朵中流动

肖邦，我，你，德沃夏克

我们从不同的时代飞越，又从不同的灰尘中

归复于安宁

音乐是朴素的，这天籁

同样呼啸在你的血液里

那里只有一种颜色：红色

却缓慢宁静，即使是燃烧

也没有声音，这是朴素的唯一内容

是燃烧，但不是承诺

是航行，但不是归途

是大陆，却从不离开海洋

因为这海洋主要由我提供

大海中的岛屿

海
岛屿
我们没有看见岛屿
或者我们就是岛屿
在海中浮游。而帆
我们也看不见，海鸥
没有在海风中倾斜翅膀
没有船向我们靠近
我们自己靠得比任何时候都近

你就是一道波浪
凝固在白昼里，涌动在黑夜中
和我一起追逐浪花
这追逐是水与火的追逐
它的开始，是大河的消失之处
它的涌动，使海参与珊瑚
牡蛎与青蛤，使海螺也不得休息

使城市在天空下变得更蓝，更干净
使你的眼睛能够记住这一切：
记住哥特式的小教堂
德式的红房子，信号山的灯塔
海边拾海带的人，记住
大雾在风中卷动，轮渡上的人们
和急促的汽笛声，记住
高坡上的老城区，它在夜晚来临的时候
变亮，记住青岛
这个名字，她像飞鸟一样轻灵

我当然把你看作一只鸟
我迎候你，在机场
等待的凝视中看不见飞机降临
它晚点了，据说是家常便饭
天黑以前，我看见了飞鸟和飞机
降落或者掠过天空
黑夜已经降落下来，大地荒凉的气息上升
我听到了飞机躁动的轰鸣
我焦急地辨认你的身影
出现在一万个人的身后

你是海岸，或者是一艘船

在青岛，你承载我，给我安全

你使我向另外一个地方泅渡

是你在挣扎还是我快要被淹没？

当然我们谁也不会窒息，我们长生不老

或者一同老去，死在对方的温存中

这温存没有阴影，只有

海水和火苗，只有大海，只有

我们在浮游，却从不停歇

这激情涌动是海浪的节奏

是海浪的声音，咆哮，是它冲刷

岩石的声音，如同你冲刷我

使我裸露出大地之根

大海，我们看见了它，它野蛮生动

躺在阳光下，从山脚延伸进一片空茫

渔船是黑色的星星，它的散布

使海水变得具体

使我们的皮肤变得柔软亲切

黄岛也是青岛吗

我们走在金沙滩

退潮的海水吻我们的脚

我们乘坐木船走向大海的纵深处

大海带给我们辽阔的蓝色

你的笑容里有盐和信任

有小麦和杜鹃花，有迎春和八重樱

有蒲公英和郁金香，有小鸟

有小螃蟹，有海带，如此丰富

使我的身体渐渐变蓝

青岛，青鸟

你张开了翅膀

我们在你的怀抱中走动与说话，做梦

吃海鲜，你的羽毛拂动我们的睡梦

大海的梦在无限铺展

没有语言，只是睡眠

海

岛屿

没有岛屿

但是有岸

每天都是新的一天

晴朗的、大风的、多雾的、阴云的天气

每天都在变化

忽阴忽晴，忽云忽雨

没有过去，没有未来

我们只被今天留住

那颗照耀我们的星星
始终没有在夜空出现

砂中的女人

砂中的女人因时间打磨
而变得清晰
这是单一的过程
在沙漏中把一种关系固定

砂中的女人，你的渐渐清晰
是蛹中蝴蝶的诞生
在记忆中展开翅膀，在大地上布下阴影

砂中的女人，你
被河床牢牢记住，你只有一个名字
如同时光倒流
你将被一双嘴唇反复提起

看得见的音乐

你的身体就是一把小提琴
如果你睡了，你就是一把睡着的小提琴
在我身边安卧，你是安静的
我的心中音乐叮当作响
我看见了我内心的音乐，是如何被演奏
和你的相聚，每一天
我都看见了那些音乐
欢快，明亮，忧伤，密集，开阔，或者小巧
紧张或者迂回，重复或者沉默
那种丰富的美让我沉痛，让我倾听你的呼吸
这是小夜曲在我耳边演奏
整整一夜，从不停歇，它是真正的小夜曲
如同你是一个真正的女人

我看见的音乐，就是你本人
这是所有的乐器，小提琴、中提琴、大提琴
以及长号、黑管、圆号、鼓、沙槌、笛子

就是这些，就是这些组成了你
组成了一支乐队，让我每当
看见你，就看见了音乐
让我生活在旋律中，生活在
细腻的音符中，在这种氛围中
我了解了一个世界，一座花园
在你的森林里我迷失了
因为你的世界是如此丰富
看不见你，我就看不见音乐
一切都沉寂了，仿佛水一下子
结了冰，仿佛是死亡
剥夺了万物说话的权利
仿佛是星星不说话
仿佛是黑夜里的宁静
一瞬间我听见了一阵旋律
接着，我就看见了你和小提琴

大风

大风天中我在喊叫
树枝的摇摆是不是你的身影与呼唤？

你的身体是生长的草地
我在高空和阳光一起把你照看

或者你本身就是一朵花？
是谁只把你栽在我身边？

大风让我倾斜，可我把树木全部扶正
在今天，所有的东西必须保持正直！

总结

激烈的年份，在这一年被漫长的冬天跨越

成熟的雪，以风暴的方式聚满额头

在生长中，树保持了静默

它体内的汁液，是一年里从根部慢慢获取的

这就是生长！向着天空

展开在 4 月，4 月，既不残忍也不温柔

北方的城市中，花开不久

这短暂的繁华让我沉迷于幻象

仿佛花团锦簇，万紫千红

实际上我已熟视无睹，回归内心的沉默

对另一种停泊心怀向往

又开始了，这一年

会是怎样的一年？

是盛衰往复的日子吗？

年复一年，何其相似

但人已迥然不同

在花树下跑过的我

看见无数花瓣的飘落
期待来年的累累硕果

方向

只有一个方向：你

没有被嘴唇留住的火种
只有被留住的心
固执的飞鸟只为飞翔生长翅膀

只有一个词根：你

你给大船准备了河流
你给小鸟准备了森林
你给目光准备了风景
你给喉咙准备了深海中的呼吸

只有一个女人：你
如同只有一个妹妹，好妹妹
被花朵不断追忆
只有一种亮光

只有一种铁，在磁极中顽强生长

只有一个方向：北方
只有一个你，只有一种芳香

明亮的击打

仿佛花朵遭到了有力的一击
你的额头碰到了高处
在生长的时候停止生长
在饥饿的年末犒劳自己

没有营养的白昼
你消化沉痛的回忆
从中打捞出幸福的片断
让它变成满汉全席

而一把餐刀飞到了你手中
这锋刃将再紧跟你一年
你要谨慎地生活，热烈地奔跑
把每一个亲人深深地依恋

还要擦亮眼睛，怀抱幻想
通宵达旦地工作才能带来黎明

小仙女

天使降临，在一个冬日
和雪花一起降临在赛特商场
之后，我们去吃了四川菜
这是仙女下凡后的第一顿饭
有些辣，是微辣
但你已十分开心

而我是一个水潭
照见了你清澈的影子
我早就知道你的秘密：
你是一个仙女，你很少进食
你仍要和雪花一起飞舞
甚至重新飞入天空

每一年，你都要和雪花一起降落
为的是和冬天一起消失
你来了，那是春天的消息

注定不会被冬天保留

我感到了风，它无踪可寻
我看见了沙的流动
看见了水的变形
我看见了羽毛在浮动
你给我带来了面包和盐巴
还有小鹿的腾越
你的消失是我看不见的
因为，我已将你留影
留在我的夜晚和白昼
在雪花融入皮肤的一瞬间
所有的冰冷都被融化

相爱的人是相同的火焰

两个相爱的人是两簇相同的火焰
他们的肉体带来了雷电
两个相爱的人还可以是波浪的睡眠
在燃烧中，在融汇中，在亲吻中
被梦和风越带越远

火焰般的身体不带来任何消息
它们是树根，生长在夜的深处
纠缠着，拥抱着，向大地探询
养护着一个最大的秘密

我所说的相同的火焰
就是我和你，大地上两个盲目的人
一男一女，一座秘密花园的采摘者
如果我们真的是火焰
我们一定是一体的
在火焰中，你看不见我

我也看不见你，青铜色、橘红色
白亮或微暗的火苗
那是我们的舞蹈和拥抱
旋转、跳跃和腾越
我们把温度升高，或者降低
我们在燃烧的激越中
把身体和心灵烧成流体

我说过我们是相同的
在火焰中，所有的火焰都是一色的
相同的火苗牵动相同的方向
相同的思念牵动相同的回忆

你飞来了——仿聂鲁达

乘着一种声音，乘着黄昏
乘着一封书信和风信子花
乘着北方的山风
你飞来了

在松花湖的记忆下面，在红松的针叶背后
在一只纸鸟的翅膀下面
在没有被收割的青草下面
你飞来了

再往下面，在所有的少女中间
在木槿树和玉兰树中间，在点着灯笼的海鱼中
再往下面直达幽深的江底
你飞来了

在血和酒之后
在火之后，在琴声之后

在歌声和舞蹈之后
你飞来了

在渔网和海藻之后
在头发和郁金香之间
在你那天蓝色的声音和潮湿的吻之后
你飞来了

越过一座座相似的城市的高塔
越过立交桥、律师楼和大江上的轮船
越过山头的云
你飞来了

经过一座座葡萄园，它里面的酒在增长
通过长长的大桥，像树木的生长
你飞来了

在失踪的渔夫中
在被运河照亮的村庄旁边
在被村庄围住的野花上
你飞来了

在银亮的街灯中

在不断被碰响的酒杯中
一面举起手臂一面呼喊
你飞来了

越过一座座兵营和幼儿园
越过一座座过街天桥、一双双眼睛
穿着新衣，提着一双忧伤欢快的红舞鞋
你飞来了

越过你童年记忆中的墙
那里昆虫纷纷迷了路
那里还有在雨季中滋生的蜗牛
你飞来了

就在你手上的披肩被举起时
就在你睫毛上的露水落下时
就在你的笑声飘扬时
你飞来了

越过你迷恋的花园
青石在河水中流动
你的心不会被它带走
你飞来了

你不在那里，你不会被水泥包围
你有一个骑手，他还没有找到他的马匹
你飞来了

哦，整个北方的翅膀哦，我的小仙女
你睡着了就是一把小提琴
你的头发中竟含有这么多银币
你飞来了

有这么多汽车在追寻你，那不是真的
有那么多死去的蝴蝶，那不是真的
有这么多黑暗中的城市在苏醒，那不是真的
沿途的村镇关闭了梦
张开它们的灯光与纸币翅膀
为了打扫你经过的天空
你飞来了

有一艘轮船在等着你
有一股海风可以被你搭乘
有一阵日落中的蛙鸟齐鸣
你飞来了

有玉米酒，有你和我，有我悸动的心

没有别人，没有街道，没有猫头鹰
没有雨中升空的气球
你飞来了

大湖在你身后，夜里我伏在地上听见你
在一种乐声中飞翔
那让我栖身的京都一片开阔
你飞来了

我听见你的翅膀振动，你那缓慢的飞行
要历时两年之久
在瞎眼的鸽子之上，在雨后的彩虹中
你飞来了

你飞来了，只是一个人
独自留在我的怀抱中
我从此不会让你再孤独
你飞来了，在我的世界中
没有阴影，也不再命名
只有糖果，只有嘴唇，只有玫瑰
你　飞来了

第三辑

夏天本身所开的花

松花湖上的风
肯定和北京的不同
不同的还有飞禽和天气
所有的鸟向东
你一个人向南
而我独自向西
这样的旅程
在这几年已多次发生
我经常梦见你的梦
那时候你还小
是一个小姑娘在一棵树下睡
那么安恬，没有人来打扰
在你生长的地方
我见到了你已见过的风景
在你所经历的夏天里
你就是夏天本身所开的花朵
如此清新与娇艳

在大地上脱颖而出
这是极其动人的一瞬
夏天本身所开的花朵啊
靠着北方的暖气
我能否让你安稳一冬？

我果然梦见你了

我果然梦见你了
梦见了你家门外的一棵树
和你全家的亲戚
他们都在欢迎你
这个冬天的北归
树上全是雾凇
天地一片洁白
屋外很冷
一个穿红衣服的少女走过
就像惊鸿一瞥
你仿佛看见了你的舞蹈岁月
瞬间的叠加
你有一点忧郁
但你是快乐的
你的内心深处
那里有一片幽深的水域
只有你能听见它的回声

树仅仅是影子

人如流云

这风景是纷乱的

就像"天下没有不散的筵席"

你的伙伴们全都远了

远了　淡了　变了

你在担心一些什么

可离别终要发生

我看见了你眼睛里的风

却触摸不到它的泉水

我果然梦见你了

我们一起离得很远又很近

夜晚的诺言

因为有了你
在夜晚我就不做忧伤的人
我也不会飞翔
被黑夜带向黑暗

在夜晚涌动的全部是潮水和泪水
它在一种节奏中保持了童贞
并被我的手掌围拢

在夜晚沉默的是海岛
和岛上的海妖
而我将为你再次出发
英雄们的船队不会被星星留住
为了爱起程就是抵达

大地尽头的闪光
那是降雨的消息

要结束我们孤单的日子
带来一个个簇新的清晨

这是夜鸟的聚会
全部的夜莺在我们的恳求下
都会留下来
在今晚把新的歌为你练习

不再有伤痛，不再有虚无
爱上一个人如同凝视一口井
它的幽深和美丽让我在战栗中
越陷越深，越来越丰富

二十六个鸟巢

黄昏中归家的路上
透过车窗玻璃
我数着路边向后飞快退却的树上的鸟巢
黑色的由干硬的枯枝构成的鸟巢
像是树的粗大骨节
深藏在细密的枝干当中，清清楚楚

现在是冬天向春天
靠近的时刻，但是树枝在空中伸展的形状
全都是枝干，没有遮拦
鸟巢像是冬天遗留的蛹

数清楚了
一共是二十六个鸟巢
从离家五公里处开始
我一一看见了它们

这是回家的傍晚
二十六个鸟巢空空如也
我和它们擦肩而过
没有一只鸟从中惊飞

而即将到来的春天
就要用浓密的叶子
再次遮盖它们了
二十六个鸟巢，再过几周
新鲜的空气中我会再次去清点

这一切是否只是我的期待：
被春天疯长的树叶覆盖的鸟巢
即将响起不绝的鸟鸣？

玫瑰的头颅

我们砍下了玫瑰的头颅

我们，我和你之间
玫瑰是信物
但是玫瑰同样也会成为尸体
鲜艳的花瓣渐渐变黑

那么我们就砍下玫瑰的头
我们把这紫黑色的头颅
装进塑料袋，我们收藏它们
它们仍旧具有逼视人的力量

这是一种质询的声音：
连花朵都会腐烂
你我的诺言能够保持多久？

这是有力的提醒

以尸体的方式
警告语言的死亡

玫瑰的头颅，紫黑色的拳头
它们聚集在一起那么有力
仿佛紧紧包含着秘密的疼痛和坚忍
或者是一堆燧石
随时准备点燃

这触目惊心的尸体，这头颅
见证了情感的不断凋谢，与不断再生

我们不断地砍下玫瑰的头颅

一种声音

你是一种声音
在暗影中呼唤我
又像一只鸟
用风拍打我的肩膀

实际上你像一只蚱蜢
落在了微风乍起的湖面
浪花兴起，如同晶莹洁白的盐

在你的目光中深藏着一个秘密
你透明，华美，敏锐，真挚
在你的周围，是美的河山
河山上盛产麦子、牛奶和大米

你仿佛突然出现在一条隧道的出口
这是我朝思暮想的时刻
你，正是我丢失了的声音
而我正是你期待已久的人

火的中心

我们住在火的中心
也在水的深处。从来水火不容
但是我们相安无事

如同在镜子的两面
都可以照见自己的容颜

我们还可以居住在地平线上
或者在蓝色的海水边
每天都可以迎接太阳初升的弹跳

在你睫毛的尽头
那里欢乐的早晨总是波涛汹涌

我们将敞开门户
迎接客人的到来
我们要以面包和清水为生

以牛奶、桃子和闪电为营养
看哪，那些金色的水果和银色的鱼多么繁盛

我要依照你的容颜去开垦
同时修剪出植物优美的线条
模仿你的性格，宛如积雪下的烈火

那是皮肤下的海洋，那是柔情的风暴
注定使话语降温，使体温升高

杭州的雨

杭州的雨是细腻的，看不见它在飘洒
如同掠过塔尖的风

高塔伫立在山顶，遥望荷花盛开
西湖里的船
自己就是游动的风景
飘飘摇摇如同约会的女人
带来了风信子花和杜鹃花的秘密

我如此渴望向你靠近
这雨水和大地亲昵
如同皮肤下沸腾着血液，杭州也变得亲切

雨是天空的馈赠
不只为我一个人的干旱而滋润
雨落在湖面上，犹如撒在海上的盐
使每一个人都在欢呼

杭州的雨，改变着时间的面貌
连大地也苏醒了
两只绿色的飞鸟掠过湖面
一只松鼠灵巧地攀爬过几棵树

杭州的雨使我的记忆
和风景一起变得生动

在西塘

在西塘，人们使一条老街以活的面貌再生
小桥流水人家和乌篷船
沿着墨绿的河岸分布

我们发现了一条原始的巷道
我们的身影在巷道中如同幽灵
白雾般的蛛网捕获了一声女游客的大笑

在西塘，在白墙灰瓦的剥蚀中
乌鸦掠过柳树的枝条
粽子飘香，吆喝的声音飘散开来

在西塘，人和时间重叠
我们定格在此时此刻
江南小镇，把一种美铸造成永恒

航空港：大地回收她金属的儿子

1

我来到航空港，听见飞机的起落和轰鸣

犹如忙乱的蜂巢，为袭击所骚扰

我看见天空召唤它们，像召唤所有的飞鸟

飞机飞起来，比云朵还要轻一些

在它的肚子里人们做梦，休憩和交谈

心已在另一个地方，缓缓降落在飞机场

风在嘶鸣，犹如雄鸡抖动翅膀

像是为了繁殖而战——这是飞机在跑道上落下

使空气中的马群长久地奔驰

没有谁能够无视

我欢呼雀跃，为这壮观的现象所迷醉

并且高声呼喊

2

我走进飞机场，我看见
人们整齐地排列，或坐或站
像是等待灌肠流水线把他们
填充进候机室和飞机舱
使人们成为飞机的内脏
人们神情快乐，疲惫，或者忧伤，匆忙
内心中闪现着想象中的场景
飞机把他们送进更远的冲突，更广阔的阴影中
生活的果子在别处闪耀
飞机是两棵树之间唯一的连接和道路
我看见飞机是一朵朵花
开在每一片空地，没有树木遮挡
它们在等待加油，和冲洗
然后重新接近白云

3

我离开了飞机场，暮色已将机场包围
这一刻异常安静，所有的移动和飞行
都暂时停止，我站在高处
蓦然回首，看见空旷之中飞机是休憩的鸟

在星星的灯光下排开

我听见又一架飞机从空中降落

是大地在回收它们，像母亲回收废旧的儿子

大地在这时回收它的飞机

我站在那里，久久地回望

我理解了飞机的大地属性，我闻见铁和铝的腥味

在机场中漫开。泪水涌出眼眶

我知道待我离开这里

大地又会将飞机和人们

持续地还给天空

献诗

这么久了，我为什么没有献上诗篇？
时光流逝中我铭记着
那些为你写诗的夜晚
顿时遥远的波涛和回声
在我的体内浮现

你有一张光明的面孔
使出门的我，不断地在月光下思家
在深夜里我在梦中为你采摘
偶然碰到的世界上从来没有过的花朵
我也试图偷偷劳动
弥补惹你生气的过失
所有夏天里茂盛生长的力量
一直在支持我们的发展
只要我看着你，我就会眷恋你
一切为你，哪怕操刀跟生活的野兽拼命
夏天的雷声一次次地激励我

生活的洪水淹没了我
我也总有方向

这是多么美好的一天
就在今天，时间似乎短暂地停了下来
你的声音与形象
眼神与动作都凝固了

在大地上我当然觉得你最美
你使我寒冷的双手始终可以摸到火柴
并且扎下根来
无论我跑了多远，我知道
我们都要在天黑之前雷雨之后
一起回还

雪的暴力

去年的一场大雪
造成了暴力的形状
在被压垮和撕裂的树枝间。如此触目惊心
这么多的残肢断体，在大地垂死和衰朽

但是压垮它们的雪已经不见了
雪消失了，如同暴徒的逃窜
一场暴力过后，雪的牙齿、拳头和刀剑
都消失于无形
只有受害者，杨树尤其是柳树
以被蹂躏的形状
成为我们眼中惊恐的图像

春天的消息被花喜鹊带来了吗
我看见它们在树枝间低叫或沉默
是不是在哀悼一场浩劫？
花喜鹊从来都是欢快的，可是它们在静默

要么飞快地掠过天空，拖着无声的翅膀

在树枝上，巢中没有鸟
空巢被悬置于春色之上
而雪的暴力也挡不住树木的拔节生长

空港城，一只松鼠

朝露凝结于草坪，我散步
一只松鼠意外经过
这样的偶遇并不多见

在飞机的航道下，轰鸣是巨大的雨
甲虫纷纷发疯
乌鸦逃窜，并且被飞机的阴影遮蔽
蚱蜢不再歌唱，蚂蚁在纷乱地逃窜

所以，一只松鼠的出现
顿时使我的眼睛发亮
我看见它快速地挠头，双眼机警
跳跃，或者突然在半空停止
显现出一种突出的活力
而大地上到处都是人
这使我担心，哪里可以使它安身？
沥青已经代替了泥土，我们也代替了它们

而人工林那么幼小，还没有确定的树阴
我不知道我的前途，和它的命运
谁更好些，谁更该怜悯谁

对位

你看：
风和树林
云

我说：云

你和我相互靠近
又越来越远

你说：云

没有我和你
只有风和树林
云

勾勒

我时常想象着你穿越的树林
想象着你在昨天的雨帘下奔跑
从树梢滴落的雨珠
声音一定比你发梢的小
我想象你小时候的模样
你长得那么快，比你的指甲和头发都快
而你对世界的警觉也在飞速增长

我看到了那年的雪
看到了雪花怎样在你的双眸中变成泪水
丰收的谷物，全都堆积在谷仓
停在屋顶的小鸟在炊烟中取暖
时光由南方而来
天上的云彩是鱼跃出水面的波浪
而你将来到我的臂弯里安睡

种植

我想在你的鞋子里种上玫瑰
而紫罗兰从你的耳朵上长出

我在漫天的大雪中奔跑
降临在我身上的雪，白如白昼

我在残片中拼读你温柔的话语
我很费力，时而有陌生的笔迹

我的只言片语闯进了你的字里行间
我的黑夜混进了你的头发

我在你的鞋子里种上紫罗兰
而玫瑰从你的嘴唇上长出

壶口瀑布

我曾经见过很多瀑布。那些大型的、小巧的瀑布

人工的、季节性的瀑布

它们一直在我的记忆里喧嚣

我曾经坐船穿行过声势浩大的尼亚加拉瀑布

水珠把我的衣服和瞳孔都打湿了

我也见识过河水的颜色像血一样的红河瀑布

感觉到了大自然野蛮的力量

我见识了劈头盖脸冲下来的黄果树瀑布

可是那水流怎么看，都像是美女的头发

我见过挪威化雪季节的很多条瀑布

像一条条白幡，悬挂在那些青翠的山体上

连绵不断地出现在巨大峡湾旁的峭壁上

动人心魄

我还见过冰岛的一条著名的大瀑布，它波涛汹涌

它气势巨大，在它身边说话，谁都听不见对方在说什么

只是能够看见彼此嘴巴在动

可是，我忘记了瀑布的名字

只是记住了在瀑布边上的餐厅里喝到的
全世界最美的蘑菇浓汤
我还看过人工建筑的堤坝形成的瀑布
虽然是假的，但是依然有些小趣味
而我的家里也有一条瀑布，那就更小了
是从我的一个盆景摆设内流下来的
这样的瀑布，给我的家带来了活跃的气氛
在 2007 年，我终于
见到了壶口瀑布，黄河上最壮观的瀑布
于是，在那一刹那，我瞬间就想起来几十条
我已经见过的瀑布
啊，那些瀑布，白色的、红色的、黄色的、青色的瀑布
全部出现在了我的脑海里
挂在了我记忆的大幕上，一起喧嚣着飘荡
一起咆哮着奔流而下
在所有的瀑布中，壶口瀑布一枝独秀
脱颖而出，鹤立鸡群，独步天下
那么鲜亮地、粗野地、大气磅礴地顺流而下
带着泥沙和其他杂物，在狭窄的河沟里冲荡
你形容它是野马也好，是一群发疯的熊也好
总之，壶口瀑布就那么冲下来了
谁都拦不住
站在壶口瀑布的边上，我想起来

我曾经见过的它冬天结冰时候的一张照片

那是千万种野兽顿时凝固的群雕

我还想起来，一个现在已经被关进监狱的企业家

在壶口瀑布边上做沉思状的照片，不禁哑然失笑

我还想起来很多伟人、大人、要人都来过壶口瀑布

都希望和它发生一点联系，希望沾沾它的灵气、仙气、大气

都想它给他们带来好运

我想起来，阎锡山曾经躲在壶口瀑布的这一边

度过了人生中最艰难的年月

我想起来，甚至在远古的时候

就有人在壶口瀑布边上的洞穴里

生活、打猎和制作陶器

那些有着神秘纹饰的陶器，成为最美丽的远古人的遗存物

壶口瀑布的见识，一定比任何一个人都要多

它经历的沧桑，比任何一个人经历的沧桑都要沧桑

我切实地感到了自己的渺小

感到了我的卑微

我想起了时间、永恒、河流、人民、历史、人类

这些巨大的词语，我还想起了念天地之悠悠，独怆然而涕下

不禁有些惆怅，有些心虚，有些不好意思

壶口瀑布带给我的最终就是一种震撼

这种震撼一直到很久之后，我回到了大城市，它都在我的
  脑海里喧响

让我幻听，让我以为自己的神经出了毛病

可那就是壶口瀑布的声音，我知道，它就那么奔腾了那么

　多年

还要继续奔腾、倾泻、咆哮、喧嚣、吼叫

看着我们一代代人死去，一代代人又重新来到它的身边，说：

你看你看，壶口瀑布

橘子工厂

橘子，一种微酸带甜的水果
它同时包含水，包含维生素
和可以清理肠道的粗纤维
在忠县，我惊讶地看见了橘子的历史
时空压缩之后，它的生长周期
最后变成了一个时间的圆环：
首先是育苗，从美洲运来的种子
在温室和大棚中，青嫩的橘苗破土而出
变成了脱毒容器中的幼苗
如同密集的希望，迅速长高
发出更多的枝条
并被精心培育，然后经过嫁接
和本土的橘苗杂交成更优良的品种
以利于在中国的土地上生长
橘苗长成了小树，可以独自生长了
就像老鹰放飞自己的幼雏
橘树来到了天地间，汲取日月之精华

吸收朝华和暮露

把大地的精气、山川的灵气

把江河的水汽和人的美

都容纳到自己体内

使自己挂果，使果实变得浑圆，并从叶片下露出笑脸

在太阳的眷顾下，一点点地改变颜色

直到变成金灿灿的黄色，并被命名为橘黄

我看见橘子挂满枝头，多么繁盛，多么喜庆

橘子和橘子簇拥在一起，几乎要把树枝压弯

把橘农的眉毛笑弯

把姑娘和小伙子的嘴唇笑弯

把鸟的飞行变成一道彩虹

橘子熟了，它们被采摘下来

成为橘子山，它们被清洗和运送

在传送带和滚筒中，它们进入另外一段旅程：榨汁

橘子们一个挨着一个，跑啊，滚动啊

橘子们低语，橘子们跳跃，橘子们做梦

梦见自己的身体裂开，露出了橘肉

一瓣瓣的，排列得那么整齐

并被榨出汁液。我想这个过程

一定是痛苦而又欢欣的

人的劳动贯穿始终，是其中最明亮的部分

汁液和果肉被人类享用了

而种子被保留下来，将继续发芽和生长

这就是橘子的循环，橘子在忠县所呈现出的历史

使我发现植物和人一样

展现了大地循环的力量：

从种子到幼苗，从幼苗到成树

从成树到挂果，从挂果到果实成熟

从成熟到采摘，从采摘到柑橘加工

最终又诞生了新的种子，新的幼苗

和新的希望

带给我们生生不息的景象

在忠县白公祠遥寄白居易

白居易字乐天号香山居士
在一个动荡的年代你出生于新郑
你少年时避乱于江南
贞元十六年你进士及第当上了翰林
成为左拾遗在皇帝边上行走
并担当言官抨击权臣
元和十年李师道主谋刺杀当朝宰相武元衡
你拍案而起上书皇帝要求捉拿幕后黑手
结果触怒了当朝权贵被贬为江州司马
这是你最郁闷的日子
直到你来到忠州担任刺史
心境才如眼前的长江江面一样
开阔起来

忠州刺史白居易如今存诗三千首
你突破了"大历十才子"的浮华和狭窄
将你的时代纳入诗中，诗风平实易懂

连洗衣的老妇人都能吟诵
你针砭时弊，谴责宦官，批评藩镇勾连
以诗映照时代的伤疤
《秦中吟》十首，《新乐府》五十首
《卖炭翁》《琵琶行》，"江州司马青衫湿"
杜甫是"诗史"，而陈子昂
在"念天地之悠悠，独怆然而涕下"
你呢，白居易一首《长恨歌》
说尽了人间的离愁别恨

你穷则独善其身，达则兼济天下
穿行在唐朝的风雨中
你后来又离开忠州，到杭州、苏州担任刺史
被内廷召为太子宾客，当上了太子少傅
还兼任刑部尚书，主管全国刑事审判
匡扶正义而后致仕
告老还乡，以写诗为乐
而王公、农妇、牛童、马夫都在诵读你的诗篇
你意到笔随，从不雕琢
最终开一代新风，泽被后世

在忠县白公祠我遥寄你香山居士先生
你的足迹已化为天空中的鹭鸟

在长江上缥缈为一线弧痕

这正如：

　"悠悠生死别经年，魂魄不曾来入梦"

　"天长地久有时尽，此恨绵绵无绝期"

　"离离原上草，一岁一枯荣"

　"野火烧不尽，春风吹又生"

阿里木

阿里木，一个维吾尔族人
我在贵州黔西市百里杜鹃风景区见到了你
我来自你的故乡新疆，阿里木
我熟悉你的语言、你的胡子和你的装扮
阿里木，你在这里做你最拿手的事：烤羊肉串
在烟熏火燎中你快活地张罗和吆喝
周围都是食客，他们笑着模仿你说话的腔调
我却能感受到你的孤独
因为你是一个人在异乡，以手艺生存在杜鹃树下
生存在杜鹃花的繁花似锦中
"我这里朋友很多"，你说
我告诉你我来自你的故乡，阿里木
你来自库尔勒，那里出产香梨，
我来自昌吉，出产粉汤
阿里木，我听说你用卖羊肉串的钱
资助过很多孩子上学
是因为你觉得你没有怎么读书

因此，你希望想读书的孩子都能有书读

你一个人在贵州十几年了

一直是一个人过，尽管你挣了一些钱

但是生活一直简朴而困顿

没有自己的"洋缸子"（老婆），也没有自己的

"克孜"（姑娘）和"巴郎子"（儿子）

那么，是什么力量支撑着你在这里？

你为什么会背井离乡，来到高原上？

你把那些孩子读书的希望当作自己的希望

挣了钱，又把钱花在了孩子们身上

这是令我诧异的，是很多人做不到的

阿里木，你做到了，又是为什么？

是你心中有真与善的力量指引吗？

你打趣，说笑和吆喝

双目炯炯，目光清亮

电视台为你专门做了节目，你的事迹

在杂志上和报纸上被广泛报道

你很为此骄傲，我相信你

阿里木，你很会交朋友，也很会做生意

我们的到来使你激动了片刻，你艺术家的细胞复活了

阿里木，现在，你活跃起来了

因为大家都在围着火把跳舞，你也唱歌了

跳舞了，因为你来自一个能歌善舞的民族

在告别的时候，你在彝族姑娘们的队列里
向我们挥手，有些依依不舍
我们就这样告别了，当汽车沉浸入黑暗
阿里木，如豆的灯光强韧地咬破了黑暗
满山的杜鹃都进入睡眠
你以一个人的存在证明了人性的多个侧面
阿里木，我在远去的汽车里和你越离越远
但是在高原上，在百里杜鹃林中
有一种力量，在将我们的距离迅速拉近

公路上一只猫的死

我看见有一只猫，在马路中间
它感到无比惊惧，它无法逃走
因为车来车往
巨大的汽车在它头顶碾过
它根本就不敢动
一直在无助地喵喵叫

我看见了它。我当然知道它的处境十分危险
我等了一分钟，为的是期待它鼓足勇气
跳出来，逃到马路边上
但是它终究没有挪窝

我决定去营救它，我刚走到马路边上
一辆大型公共汽车开过来了
等到长长的公共汽车从它的头顶驶过
我发现，在马路中央，那只猫不见了
奇怪，它去了哪里？

停了一下，我明白它了
它一定跳到了车的底盘下
在大型公共汽车覆盖它周身的一瞬
它一跃而起，跳到了汽车底盘下
绝望地抓住了很滑的底盘

我站在路边眺望公共汽车消失的方向
哦，我又看见那只猫了，它
一定从汽车底盘下面掉了下来
依然在马路中央，处境丝毫没有改变
不断有汽车的急刹车声
那些车子在纷纷躲避，也有几乎压着它的
它绝望地喵喵叫，不能跑，也不敢跳
在等待着无法摆脱的厄运

我想跑过去拯救它，但我的班车来了
我只好上车，选了一个靠窗的位置坐下来
为的是把脑袋伸出车窗去看它
还在不在那里，车行二百米
我们的班车经过了猫在的地方
我看到它已经被某辆车碾上了
它受伤了，拖着半个身子在哀嚎
似乎要挣扎着逃开，但肠子粘在了地上

我的心一疼，我们的车走远了
我看见它还在马路的中央

第二天，我再次路过那里
发现那只猫已经变成了一堆凸起物
被压扁在地面上
不成样子的皮毛包裹着内脏，成为饼状物体

又过了一天，一场大雨清洗了一切
我路过那里，看见猫的尸体没有了
环卫工人打扫了它
连血迹都被冲刷干净了
那里已是一片空无

温宿大峡谷

温宿大峡谷果然名不虚传
我看到，那红色的峭壁壁立千仞
以颜色和刀锋般的阵容带给我惊悚
在峡谷之间的冲积沙地上，留下了昨晚洪水的暴力的痕迹
百年柳树被掀翻，如同死亡的螃蟹，样子古怪而诡秘
洪水已经没有了踪迹，但是我分明可以闻到一种肆虐后的气息
在我的周身弥漫和浮现，使我发冷又发热
就在昨天晚上，按照原计划
我们要在大峡谷深处的一个地方
举行篝火诗歌朗诵和音乐晚会
红地毯、探照灯、篝火堆、扩音器和激光都准备好了
但就是没有料到下午的山地大雨
所导致的突如其来的洪水，会冲垮一切
我们得到通知，在宾馆原地待命
一直到傍晚都无法成行
这完全是意料之外的事件，改变了事物和时间的轨迹
在第二天，我们来凭吊了

这是对大自然杰作的膜拜，也是对大自然毁灭力量的参访

篝火堆被冲散了，红地毯被沙子覆盖

露出来的部分扭曲成一个美女的躯体

仿佛遭到了强暴之后又被杀害

探照灯被什么东西砸瘪了，发出了咳嗽声

我们在凌乱的现场穿行，心境沉重了一会儿

忽然又开始变得明亮

因为周围的大峡谷如此美丽，如此雄阔，又如此静默

仿佛在以一种奇特的方式，以嬉闹和开玩笑的方式

制造了这样一场和我们的相遇

我们就这样开始真正地面对温宿大峡谷

啊，赫红色的峡谷包围了我们

使我们头顶的蓝天更加碧蓝

使我们的眼睛看到了过去没有看到的东西

温宿大峡谷，绵长的红色峡谷

仿佛是带着自然之血的峡谷

以激烈的方式在提醒我们

必须和大自然和平相处，必须正视大自然本身的力量

否则，我们人类将永无宁日

阿瓦提的刀郎木卡姆

在阿瓦提县的刀郎人村落里
我第一次看到了刀郎人的木卡姆
几十位老人在演唱，年轻人间或伴舞
那么热烈、激扬而丰富
以全部生命的瞬间呈现，演唱着对人生的感喟
老人们忘我了，他们的脸和声音
都是被岁月所浸泡过的岩石
沧桑而悠远，深情而动人
我没有听懂一句，但几乎要泪流满面
因为我似乎懂得了全部的祈求
和生命内部的能量
我一边喝着慕萨莱思，这原汁酿造的
有一千种味道的葡萄酒
一边观看老人们的十二木卡姆的演出
据说这葡萄酒里，融化了一些乳鸽
因此有着鲜血的味道
我神思飘摇而恍惚，游离而出神

在时间的大海里浮游

那一刻，我体会到了音乐、酒和历史混合的力量

从大地的深处上升

后来，我走到了院子里，仰脸观看星空

感到星星都在旋转，大地在摇动

而一种阔大和雄浑的美

在我的体内生成

汉代烽燧

他就在那里，就在那里
已经在戈壁滩上站立了两千年
像一个没有了头颅的汉代士兵
依旧坚守着阵地

他就在那里，就在那里
从未移动，也从来都不惧怕暴风雨
夜晚，大风，洪水，太阳，马匹和鸟群
抗击着来自时间与黑暗的侵袭

上海的早晨

我从上海锦沧文华大酒店十二层的窗户望出去
波特曼酒店、恒隆广场和上海展览中心把时间扭曲在一起
这个早晨闷热而华丽，我以外来者的眼光
对她漫不经心一瞥，看见了上海的心脏地带
在潮湿的 8 月里谨慎地涌动，并成为这个时代的脚注
为了她变得更高，更富丽堂皇，更辉煌，也更灿烂

阴影

我走开了
把你留在一片黑暗中

我回来了
看见你在一片阴影中

你走开了
把我留在一片黑暗中

你不再回来
我本身成为阴影

空白

看不见你，在我的身边有空白
空白感过去没有，过去是踏实的存在

空白有时候是好的，有时候并不好
空白就是不存在

就是你已经离开了
我呼唤你，你也不再回来

空白，是虚空，是空虚
是空，是白，是无色

同时还是痛楚的满
空就是满，是痛苦的满

我应该把你比作什么植物

我应该把你比作什么植物，我的妹妹？
比作雪莲花？比作小甘菊，还是花菖蒲？
你纯然的蓝色，纯然的黑色
纯然的白色，你比聚花风铃草还要坚韧
比刺头菊还要热烈
比异子蓬还要明亮
比柳兰还容易成活，容易被我所照看

我应该把你比作什么植物，我的妹妹？
比作高山龙胆？比作戟叶鹅绒藤，还是五福花？
你热烈的舞姿，清新的歌喉
美丽的顾盼，你比天山翠雀花还要骄傲
比麻叶荨麻还要难以接近
比腺齿蔷薇还要精致
比野草莓还要亲切，耐心地被我照看

我应该把你比作什么植物，我的妹妹？

比作中亚天仙子？比作天山羽衣草，还是毛蕊花？

你洁净的梦，被黑色的乌云笼罩

你单纯的红，比山蚂蚱草还要柔软

比簇花芹还要稳固

比裂叶山楂还要醒目

比淡枝沙拐枣还要甜美，并被我采摘

我应该把你比作什么植物呢，我的妹妹？

比作小花荆芥？比作黄花软紫草，还是垂花青兰？

你遥远的呼唤，一声坚定的期盼

使岩石都松动了，你比丝叶芥还要善良

比耳叶补血草还要实用

比林生顶冰花还要柔媚

比四裂红景天还要葱郁，并成为我的明灯高地

贺兰山

贺兰山青黑的山体
在远处逶迤，遮住了天空和云彩

西夏王陵的穹隆
是天空下的土包包，包藏了多少机心和秘密

明长城像手臂的枯骨
在贺兰山口伸展，拦不住厮杀和铁蹄声

历史在这里沉默，如同
我们进入阿拉善的天高地阔

贺兰山在大地上旋转身姿
成为巨人般永恒的留影

巴彦浩特

巴彦浩特，富饶的城市
在贺兰山西麓的冲积扇上张开了怀抱

巴彦浩特还叫作定远城
西侧是"贺兰积玉"，贺兰山主峰常年积雪

东侧是"金盆卧龙"，王爷府金碧辉煌
一片风水宝地，号称小北京

"葡萄倒流"，说的不是真正的葡萄
说的是承受了压力喷溅而出的水珠子

我在这里出产的仿波斯地毯上，看到了绚丽的花纹
那是时间的象征，是遥远的生命图腾的回声

东居延海

你真的是海，那么蔚蓝
像天底下的一只美丽的眼，长久地凝视苍天

为的是天空能持续地下雨，为的是
不再闭合这双眼，为的是把万物滋润得鲜艳

为的是张开这大地之眼，把疲倦的飞鸟呼唤
把匈奴居延部落的消失和西居延海的死亡一同纪念

为的是继续成为海，成为孩子们飞翔的梦想
为的是，让水和波浪点缀这万里荒滩

弱水三千，沧海桑田，命悬一线
东居延海啊，我愿意成为水珠，消失于你的波光潋滟

黑水城

我似乎听见了厮杀，听见了人喊马叫
在历史中某个特定的夜晚

黑水城，没有黑水白水，只有静止的残垣断壁
只有黄沙匍匐，只有风声和沉默

一座方形的城池，我看不见霍去病
看不见黑将军和他的士兵

看不见街市和庙宇、官署和税衙，看不见男人和女人
看不见汉朝人、蒙古人、西夏人、唐朝人的纷纭走动，你来我往

黑水城，包围你的，只有无边的辽阔
诉说着时间的孤独，和无边的寂寞

额济纳

额济纳，这名字听上去是一朵花
插在美丽少女的头发上，轻微地颤动

苍天般的阿拉善啊，广阔的大地
而胡杨林，则小心翼翼地生长在弱水沿岸

这就是额济纳，沙枣花、红柳花已经开遍
这就是额济纳的额头上戴的花

这就是有神树的地方，不光有策克口岸的贸易
那棵六个人手拉手才能围住的神树，占据了土地的精神中心

额济纳的颜色就是秋天里胡杨林的颜色
每一棵树下都有一个人在看：金黄璀璨，烂漫无边

怪树林

怪吗，这树林？怪，的确怪啊，东倒西歪，披头散发
张牙舞爪，疯疯癫癫，像要扑过来咬你

可是仔细一看，它们都死了，都不能动了
都站在那里，没有了生命，没有了呼吸，甚至没有了影子

是因为没有了水。是因为上游的冰山雪水走不到这里了
胡杨林哭干了眼泪之后，就集体死在这里让你看

我想闭上我的眼，但是怪树林的形象仍旧浮现在我的眼帘
仍旧像一群逃难的人民、战败的士兵一样跋涉着，举步维艰

怪树林一点也不怪，怪的是我们人类自己
在向大自然的无穷索取中，造就了怪树林，也将最终毁灭自身

巴丹吉林沙漠

沙漠的美丽，我是在巴丹吉林看到的
因为这里不仅有无尽的沙海，还有一百四十四个湖泊

密集高大的沙山，组成了巴丹吉林沙漠的大海
我们航行在这大海上，翻山越岭，乘风破浪，披荆斩棘

奇峰，鸣沙，湖泊，神泉，寺庙
是巴丹吉林的五绝，其实最绝的就是巴丹吉林庙

你可以想象在晚上你一个人穿越这无边沙漠
你在恐惧和孤独中听见狼嗥声，仰望着那弯新月而焦躁

然后，你看见了一个又一个闪亮的海子连成了一片
看见了海子边上的那座庙宇香火袅袅，你会突然哭出声来

隐痛

隐痛是骨中之刺
在肢体内发作
隐痛是风在血管中爆炸
隐痛是针在心脏里跳动
突如其来，如同钟鸣

隐痛是藏在心尖上的战栗
表面上看不出来
我喝酒的时候，大笑的时候
说话的时候
我安静下来读书的时候
夜深时，白天喧闹时
或者刚刚起来的清晨
那隐痛就如同野狗一样
突然袭击了我
而这隐痛的消失
也像袭击成功野狗的逃窜

隐痛啊，内心的钉子
何时我才可以
把它拔除

耐心

你用心地、耐心地
擦拭那把铝壶
清除水垢

你耐心地、一丝不苟地
擦拭那把铝壶
花了五个小时的时间
把那把壶的厚厚的水垢
清除干净了
水壶锃亮
像是一把新壶

你的耐心让我折服

我喊

我喊着你的名字，在我微醺的时候
在我被黑夜浸透的时候

我喊着你的名字
我听到的只是我嘴里的回声

你飞在黑暗中，带走了所有的翅膀
把我放在了空旷的房间中

我喊着你的名字
我渐渐被沉睡的泥沼吸食

悲苦

悲苦的感觉是夜晚醒来的时候
感觉自己一个人在无人的荒野上踯躅

悲苦是，想大声喊却无法喊
想跑动却迈不开脚

悲苦啊，悲苦是有苦难言
是无话可说的难受

悲苦的感觉是嘴里弥漫着苦味
没有一颗糖可以把甜蜜唤醒

安静的房间

安静的房间没有你的身影
你离开了，去了哪里
这里只留下了空白的时钟在走动
但时针分针秒针
都停止了

安静的房间空旷如原野
原野上的乌鸦
如同寂寞大片降临
安静的其实是死亡　而你
已经在空白中隐藏

你还在那里，在沙发上
在椅子里，在洗手间里
在书房中，在阳台上
在走动，在说话，在笑

你不在那里，你不在沙发上
不在椅子上，不在洗手间里
不在书房中，不在阳台上
没有你的说话声、笑声
也没有你的影子了

安静的房间
安静得仿佛你从来都不在这里
安静的房间里你已经离去
留下了一个大玩具
和我一起在安静的房间里沉默

安静的房间储存了记忆
那像猫一样鲜活的生活
共同的生活却逃跑了

安静的房间，不安静的是心
是我的身体
在呼啸而至的孤独中
被巨石击倒

南国的植物

开满一树火红的花的，是凤凰树
和合欢树的树叶很像，但是花不一样
合欢是粉红色的，绒线的扇面
紫荆花开，寻常而富贵
这是香港的市花
带来了安详
那些兄弟一样站立的桉树
挂满了乳房般饱满的柚子树
挂满了腰子般椭圆的芒果树
挂满了嘴唇般鲜亮的橘子树
挂满了指头般可亲的水葡萄树
挂满了孩子脑袋般浑圆的椰子树
挂满了子宫一样倒悬的木瓜树
挂满了无法形容形状的杨桃树
挂满了乳头般鲜艳的红荔枝树
挂满了成串成串的香蕉树
宣告着南方水果的丰收

还有含蓄开放的睡莲

高声喧哗着盛开的荷花

一棵单独站在那里的向日葵

以及高高的棕榈，低矮的芭蕉

分成公母的榕树，公的挂满垂地的胡须

母的根系发达，在大地上牵连弥漫

水稻田边，蛙鸣阵阵

南方的景物啊，生机勃勃

让我喜欢上了这美好的万物

黑色太平洋

汽车转过台湾岛的岬角
太平洋就猛地扑了过来
在波涛拍打岸边的一刻
天黑了，我看见了黑色的太平洋
正在变得更黑。黑色的海水
在乌云的驱使下
扑向了黑色的沙滩。卷起的
却是白色的泡沫，被我看见
从台湾山脉里的花草山道
忽然来到黑白的世界
我感到了压力和震惊
仿佛整个太平洋在向西边扑过来！
要把我吞没，因为我是第一次和它相遇
黑色太平洋！那么凶悍
带着野蛮的力，如同野蛮的黑狗群
冲向了隐入夜幕的我们
而我只是路过，只是

偶然地向它一瞥
我就看见了黑色的太平洋的阔大
触目惊心，从云到海水，从沙滩到海边砾石
到沙滩上的防波水泥圆墩
都是黑色的。在这个时刻
在这个傍晚
黑色的太平洋匍匐前进
一刻也不停留地
伴随我们，穿行在台湾岛的东边山麓
黑色太平洋咆哮！黑色太平洋威胁我
黑色太平洋尖叫！黑色太平洋亲热我
也是告别，如同一块巨大的裹尸布
在那里律动

蓝色太平洋

太平洋也是蓝色的，是那种灰蓝色
月蓝色，天青色，蔚蓝色
是一块大玉中的玉沁，是玉石的碎片
重新组成了蓝色太平洋的闪光部分
那结晶体，现在变成了液体
蓝色太平洋！直接反射了天空
也映照了我的心胸：那么辽阔
仿佛被天空所牵引
一次次地接近大陆上的我
白色的浪花漫卷，如同不怕牺牲的冲锋兵
摔碎在防波堤下，消失在沙砾中
而蓝色的海面上，我看到
浪花在太阳下深浅不一，神秘地涌动
似乎埋藏着一个巨大的秘密，不停地在遮掩
啊！那蓝色的太平洋，台湾岛东部的大海绵
那么的蓝，深邃的蓝，浅灰的蓝
全是蓝，从看不见的海平面开始

海天一色的蓝，让我的眼也变蓝了
让我的手也变蓝了
蓝色的太平洋，我见识了你
广大的蓝，无与伦比的蓝
那么蓝，还带着白色的镶边
装饰着台湾的海岸

银色太平洋

中午的时候，太阳光线

让太平洋变成了银色

银色太平洋！一块大镜子

在那里闪闪发光

这是白色海鸥在嬉水的时刻

这是时光和海水亲吻的时刻

一层阳光铺下来

又一层白云铺下来

太阳灼热，太平洋热情地

冒着银色的热气

用白花花的银子

去犒劳天空

银色太平洋！我看见你的时候

我的心里也有碎银点点

在细密地发亮

无数的银子在闪烁，将太平洋变成了

看不清面容的太平洋

我现在向你走去
我坐在岸边的发呆亭中
向远处眺望，我想摸一下
摸一下你的银色，这时一朵巨大的云
走过来包裹住你的身体

红色太平洋

红色太平洋，出现在早晨六点钟

在台湾岛东面的大海上

在太阳还没有飞跃起来的一刹那

一块红布，缓慢地走过来

把整个海洋包起来

这时，红色的大布下面，有着

一阵阵血红的胎动

那声息，是生命诞生前的准备

而这一刻的太平洋是温驯的

如同一只猫，在主人的抚摸下

轻轻地弓起了脊背，把红色的海浪

变成了一道道山冈

红色太平洋，这个早上

那么辉煌，即使有红色的波涛

传递来了远方沉船的消息

可大海仍旧是宁静的

即使海水是那么鲜红

红得让人担心，那是不是鲸鱼的血
金枪鱼的血液染红了海洋
是不是红色的海藻，染红了海洋
是不是红色的磷虾，染红了海洋
而红色的大鲸披荆斩棘，乘风破浪
在海面腾越
红色的太平洋，在台湾岛的东边
以全新的姿态，将太阳
一点点地从红色的幕布后面
托举出来，如同托举出一个
刚刚从阴门诞生的婴儿
哦，红色太平洋

绿色太平洋

穿行在苏花公路上，在花莲到宜兰的铁路上
绿皮老火车钻过一个个隧道，我向车窗外望去
看到那山谷和通向大海的河道所形成的夹角
出现了大海的风貌，是绿色的太平洋
和绿色的山林连成了一体
和绿皮火车连成了一体
真的是绿色的太平洋
是这一天的上午十点到十一点
我在火车上向东边凝望时
所看到的景象。啊，绿色的太平洋
被植物、火车和我的绿色心情点染
和映照的绿色太平洋啊
那么富有生机，山海一体的颜色
绿色的大地毯一直铺到了山边
或者铺到了海上，铺到了我的心里
绿色的太平洋把台湾岛揽在了怀里
绿色的太平洋，无数双绿色的小手

在欢呼，在把天空

大地和海洋，还有两岸的心拉近

成为世界和谐的一面镜子

蓝色灭火器

澳门葡京酒店长廊里的蓝色灭火器
那融化了大海和天空的蓝色
能否扑灭来自人的赌博欲望的熊熊火焰红?

编织蓝色星球的大海

编织蓝色冰冻大海为欢快河流的
是你的手指。把一种热情，织成长长的思念

编织蓝色星球为一条平坦道路的
是你

我呼唤你的名字，犹如渴望带着热气的雪花
全部掉落到我的怀中

编织蓝色音符的，是你
你这个织梦者，带着童年的瞳孔走来

被我看见，被我拥抱
把一个温暖的星云围在我的脖子上

编织蓝色诱惑的塞壬，是你
以歌声将水手留住，并在梦中引导他

重新出发
拉着他的手，让他感受相遇的喜悦

和着陆的希望，是那么可观
编织一条蓝色航线的，是你！

你以前所未有的耐心
将时间缝合，将少女的梦打开

把一个个词，置放在每一道针线中
生成蓝色星球

跋

我看见银子在大地上闪光

邱华栋

　　这本诗集大体是按照我创作这些诗篇的年份来选编的，第一辑收录的主要是我在中学时代写下的诗歌，第二辑收录的是我大学期间写下的诗，第三辑收录的是大学毕业一直到近年写的作品。

　　我从十四五岁时就开始写诗。我到现在都觉得，比起做一个诗人，我更喜欢做一个诗歌的读者。我几乎每天都要读诗，现在仍旧如此。

　　想起来，除去唐诗宋词对我早期的影响，现代汉语诗对我最早产生影响的，应该是新边塞诗群的昌耀、周涛、章德益、张子选等西部诗人。

　　当时我还在新疆上中学，能够读到的《绿风》诗刊，是我的最爱。这家诗刊社编了一册《西部诗人十五家》，是我很喜欢的书。上高中的我每天面对遥远的天山雪峰的身影，读着西部诗人的作品，感觉他们距离我很近，我就开始写一些西部诗。这本诗集收录了我早期学艺阶段的一些诗，主要在第一辑里。现在读起来，虽然有些高嗓门的浪漫豪情，却很真切。

接着，我读到了朦胧诗群诗人的作品，这批当代诗人对我产生了新的影响。上大学之后，我广泛阅读了现代汉语白话诗，对胡适、卞之琳、冯至、闻一多、郭沫若、朱湘、李金发、徐志摩、戴望舒、穆旦、王独清、艾青等诗人的作品都有研读，大学开设的课程就有关于其作品的研究。

在大学里，我开始接触到更多外国诗人的诗歌，最喜欢的诗歌流派是超现实主义诗派。超现实主义诗歌从法国发端，后来在世界各国都有代表诗人出现。受到这一流派影响的诗人很多，数不胜数，几乎每个诗人我都喜欢。

我也读了很多翻译诗集。"诗是不能被翻译的东西"这句话，我觉得有一部分是错误的。我读翻译过来的诗，能够读到原诗的表达里被汉语再度丰富的诗意。这是我自己的体会。

大学毕业之后，我当了多年的报纸副刊和文学刊物的编辑，自然对与我共时空发展的中国当代汉语诗歌的写作随时关注着。今天的确是一个能够写出好诗的年代，因为参照系非常丰富，从古到今，从中到外，那些开放的诗歌体系都是可以拿来学习的。所以，诗人写不出作品不要埋怨别人。

后来，我主要写小说了，但诗歌一直在写，也在持续发表、出版。20世纪90年代初，我出版过两本薄薄的诗集《从火到水》《花朵与岩石》，收录了我早期的诗作。后来，我又出版了《光之变》《光谱》《邱华栋诗选》《闪电》《编织蓝色星球的大海》《碰到茶喝茶遇到饭吃饭》等几部诗集。

我也在问我，为什么还在写诗呢？

首先在于，写诗、读诗，能够保持对母语的敏感。人在牙牙学语的时候，就感觉到了语言的魔力。我开始接触文学是从诗歌开始的，因为诗歌是语言中的黄金，是语言艺术的最高形式，是对万物的命名。

我太喜欢做一个诗歌的读者了！我收藏的诗集装满了三个书柜。我总是在早晨起床后和晚上睡觉前读读诗，以保持我对语言的警觉。我希望我的小说有诗歌语言的精微、锋利、雄浑和穿透力。当然，诗歌和小说的关系是这样的：伟大的诗篇和伟大的小说，只要都具有足够的高度，最终会在一个高点上相遇。

这本诗集还收了一篇霍俊明的评论。霍俊明是多年前第一位给我的诗集写评论的批评家，我再次收录了他这篇评论分析我的诗歌的文章，是为了向他表示衷心的感谢。

"我看见银子在大地上闪光"化用了曼德尔施塔姆的诗句"黄金在天上舞蹈，命令我歌唱"，我想，大地上到处都有银子一样闪闪发光的诗歌在生长，也在呼唤我们歌唱，我们要去发现诗歌的银子般的光芒。诗歌随处可见，只要你有一颗赤子之心，你就会听到诗呼唤你的声音。

感谢阳光出版社社长、总编辑唐晴的热情邀约，让我编辑出这本诗集，收入她策划的"阳光诗系"里，让我这个怀着赤子之心写诗的人，有机会把自己的诗作又一次呈现在读者面前，呈现在阳光普照之中。

2023 年 11 月 25 日星期六